U0965585

大鱼

有爱的青春陪伴者

居尼尔斯 / 著
贵州出版集团
贵州人民出版社

图书在版编目（CIP）数据

花海 / 居尼尔斯著. -- 贵阳：贵州人民出版社，2023.1
ISBN 978-7-221-17244-0

Ⅰ. ①花… Ⅱ. ①居… Ⅲ. ①长篇小说－中国－当代 Ⅳ. ①I247.5

中国版本图书馆CIP数据核字(2022)第163728号

花海

HUAHAI

居尼尔斯 / 著

出版统筹：陈继光
选题策划：大鱼文化
责任编辑：严　娇
特约编辑：娄　薇
装帧设计：颜小曼　唐卉婷
图片绘制：我在网上冲浪　七月酱酱子　嘿嘿猕猴桃
出版发行：贵州人民出版社（贵阳市观山湖区会展东路SOHO办公区A座 邮编：550081）
印　　刷：长沙鸿发印务实业有限公司
开　　本：880毫米×1230毫米　1/32
字　　数：184千字
印　　张：9
版　　次：2023年1月第1版
印　　次：2023年1月第1次印刷
书　　号：ISBN 978-7-221-17244-0
定　　价：42.80元

贵州人民出版社微信

目录

C O N T E N T S

目录

第一章

/少女的祈祷/

H U A H A I

陈静安是在睡梦中被一缕异香弄醒的，是她从没闻过的香味。悠悠转醒之后，入目所见极为陌生：软被、床垫、枕头、天花板、顶灯、床头柜、书桌……一切房间设施，都是第一次见。

还有房间里的香气也是第一次闻到。

陈静安想当然地认为自己在做梦，重新闭闭眼，再睁开。

好嘛，还是那个陌生但很梦幻很美的房间。

陈静安从床上爬起来。照往常，她自己的床一侧靠墙，这张床不一样，居中而放。当然，这主要是因为两个房间的面积不一样，这个房间更大，床也更大，床垫很软，床上用品全是蕾丝花边。她左右探看，床两侧都没放拖鞋，她索性光脚下床。还是三月天，木地板很凉，脚底的触觉十分真实，陈静安抱起胳膊，仍然当这是个梦。

那么梦里，她是谁呢？

念头转到这里，书桌上的镜子立刻吸引了陈静安的视线，她光着脚走到桌前，像一切虚构的穿越小说那样，揽镜自照——

吓坏了！

陈静安被镜子里秀气精致的脸吓得倒在书桌前的椅子上。

她怎么变成……祝年年了？

这是所谓的吸引力法则……

生效了？

与此同时，陈静安家。

陈静安的房间，祝年年刚好在陈静安一侧靠墙的小床上醒来。

和陈静安对房间状况的反应不同，祝年年在陌生环境里首先受到的惊吓是，她及肩的长发不见了，变成了一头刚刚过耳的短发。

经过一番和陈静安一样的摸索寻找，祝年年在陈静安房间找到一块金属制品，通过该金属制品的反光，祝年年也意外发现自己变成了陈静安。

发现这个状况没多久，陈静安的房间门被敲响，有人在外面说：“起床了没？”

祝年年吓得魂飞魄散。

敲门声又响了，门外人的声音也再次响起：“陈静安，是不是在睡懒觉？我要走了。”

祝年年跌倒在小床上。

门外这个声音……这个声音的主人，她太熟悉，又太陌生了。

他是陈静安的哥哥陈长宁，不，不算是亲哥哥——即使他们住在一起，都姓陈，可他们不是亲兄妹。这是祝年年一早就搜集到，默默写在本子里的，关于陈长宁的信息。

祝年年仰躺在床上，闭着眼睛想，到底发生什么事了？

正在这个当口，门锁转动的声音响起，祝年年在万分惊讶害怕的心情下猛地从床上弹坐起来。

门口站着的不是别人，正是她心心念念了四百二十五天的人。

“还赖床？”陈长宁皱着眉头看她，“今天真不带你了，你自己坐公交车。”

说完，他就走了。

祝年年仍然一动不动，她的心跳在看到陈长宁出现的那一刻就彻底失序了。

为什么她会变成陈静安？

难道流星……

听到她的愿望了？

第二章

/ 祝家与陈家 /

陈静安和祝年年都在二中读高二。二中是本市最好的高中。陈静安在三班，理科班；祝年年在八班，文科班。

两人都知道对方，但，完全不熟。

祝年年是高二年级级花（类似于校花的说法，指被本年级公认的最漂亮的女学生。下不赘注），不仅长得漂亮，还有一头靓丽的乌黑长发。她是学校的风云人物，一举一动都颇受关注，哪怕她某日换了个发卡戴，也能成为同学们的课余话题。

现如今，这头乌黑长发和这张精巧干净的脸，都长在陈静安身上，她觉得格外不真实。

对祝年年，陈静安还想知道得更多，比如——

她拉开有蕾丝花边的睡衣领口，往里瞧了瞧。

啧。

有点可惜，没有自己的大。

不对！陈静安又一想，这是梦，梦里看到祝年年胸小，可能是因为潜意识里的嫉妒心导致的。

嗯，这样很合理。

陈静安正漫无边际地发散着思维，偌大的公主房外响起敲门声。

先响三下，陈静安吓得不敢动。

又响三下，陈静安清了清嗓子，喊道："谁啊？"脱口而出的声音清脆又甘甜，是陈静安近期梦寐以求的好声音。

"年年睡过头了吗？已经七点了，爸爸在等你。"

"啥玩意儿？"陈静安往上扯紧睡衣领口，"谁在等我？"

"年年，"门口的女声很陌生，但是透露出来的担心意味很明显，"是不是生病了？妈妈可以进去吗？"

妈妈？谁的妈妈？祝年年的？

"年年？妈妈进门了？"陈静安愣怔的间隙，门外的人又问。

"别，先别。"反应过来的陈静安一个箭步往后跳回到公主床上，床垫弹性太好，她一时没有防备，整个人还被弹力颠了几道。

陈静安躺上床，拉上被子，用力地闭眼。

快睡，快睡，睡完快醒。

此地甚是吓人！

门外的人没有给陈静安入睡时间。她推门而入，带着一缕若有似无的香气走近床头。

陈静安分外紧张，死死闭着眼，被子下整个人都在发抖，而后，一只略带凉意的手贴上她的额头。

“没发烧。”

女声响在身侧，太温柔，太好听，陈静安忍不住睁开眼。

看到一张和声音完全匹配的、分外温柔的脸，与陈静安想象中的自己亲生母亲的脸还意外有些吻合。那一瞬间，陈静安恍然又觉得，这个梦一直做下去，也挺好。这样，她就能把前不久发生过的事情彻底忘记了。

“哎哟哟，这是什么眼神？”祝妈妈笑得双眼弯弯，手又碰了碰陈静安的脸，“脸上有点发冷，着凉了？”

陈静安躺在柔软的枕头上摇头。

“那是哪里不舒服？”

陈静安还是摇头。

“如果没有不舒服，还是要起床去上学的。”祝妈妈说到这里，顺手从床头柜上拿过闹钟，“七点过八分了，再不起要迟到的，年年上高中以来，可是从来没迟到过的。”

祝妈妈一边说着，一边不着痕迹地拉下陈静安的被子，将她从床上捞起来，说：“是不是又想撒娇啊？”

陈静安丧失自主能力，任由梦里的“妈妈”支配自己。

“还没穿内衣？”祝妈妈盯着陈静安胸前说。

陈静安条件反射地用双手护住前胸。往常在陈家，她起床第一件事就是穿内衣。进入青春期以来，不只陈长宁完全忽视了她的发育，陈爸爸陈妈妈也是马虎的父母，她的房门如果不锁，他们总是敲两声就直接进的。陈静安不是没提过这件事，无奈陈家的家庭氛围向来开放又粗糙，根本不容陈静安太把女孩子那点小事当事。

其实陈静安本人大部分时候也没把自己太当女孩子，不过实在是发育太好，有点碍眼。

“今天想穿哪件？”陈静安走神之际，祝妈妈已经带着她走到祝年年房间里的巨大粉色壁橱前，一手推开柜门。陈静安先看到一排排秀丽的连衣裙，没等她反应，祝妈妈又蹲下去，拉开挂衣格下方的抽屉，露出屉内格子间，里面整齐摆放着颜色各异的内衣，无一例外，都是马卡龙色，公主系。

我的老天爷啊！

陈静安结结实实地惊呆在了柜门前。

别醒了！

就让她在梦里过下去吧！

陈家。

和陈静安不一样，祝年年对陈家的基础设施没多大兴趣，她在最短时间里找到陈静安的校服穿上，出房间。陈家的房子面积不大，三居室。陈静安的房间对面大概是陈长宁的，门上贴了一个篮球明星的海报，左侧是大主卧，门开着，里面没人。祝年年花费四百二十五天收集的陈长宁的资料里有一则关于他父母，据说他们在市郊的一所大专学校任教，有时晚上不回来。

陈静安房间往右走是客厅，客厅东南角落是洗手间，西边是餐桌和厨房，餐桌后面的墙上挂着时钟，此时正值早晨七点一刻，餐桌上放了豆浆和一袋小笼包。此外，整个三居室里别无他人。

祝年年双手按了按脸，触感很陌生，陈静安的皮肤有些干燥。她没有对现下的场景和情形做过多思考，径直迈了步子往洗手间走去。

既然是美梦，不能浪费。

洗手间也很小，有刺鼻的洁厕剂味道。小小的化妆镜下面挂着置物槽，里面摆了四个杯子，祝年年挑了玫粉色的那一只，目光又落在旁边蓝色杯子上，猜想着，这是不是陈长宁的杯子。

然后，她开始刷牙洗脸。

七点半，祝年年吃了两个包子，还剩下两个。她有些为难，怕浪费，又不知道该怎么处理，只好拎了包子，端了没喝完的豆浆，找到陈静安收好的书包，开门离开。

也不知道这个梦能做多久，祝年年自然也不知道要在这个梦里做什么，她唯一想到的是，得赶快去学校见到陈长宁才好，不然梦一醒，什么都没有了。

陈家住的是老房子，楼梯房，在三楼。祝年年顺着楼梯下来，到楼梯出口，一抬眼，见到面前人——

她立刻原地立定，打了个响声巨大的饱嗝。

陈长宁长腿跨坐在自行车上，一只手将小册的英语词典往校服口袋里装，另一只手冲她做了个幅度巨大的抬手看表的动作，眉目间不大高兴。

“真能拖啊，陈静安。”

祝年年瞪大眼睛，想说话，可惜又被一个饱嗝打断了。

“愣着干吗，上车快走。”陈长宁往自行车后座抬了抬下巴，示意祝年年上车。

祝年年一手拿着豆浆，另一手拎着小笼包，涨红了脸，不知所措。

陈长宁的目光转向她手里的包子。

“你来那个了？”他问。

“哪个？”祝年年终于开口说话，声音陌生得吓人。

“包子没吃完。”话毕，陈长宁放开车把手，朝她勾了勾手指，“给我。”

祝年年反应过来，立刻一步并作两步走上前去，把手里的小笼包递给他。

“没来那个怎么蔫了吧唧的？这不是你最喜欢吃的包子吗？”陈长宁一边说着，一边当着她的面一口一个包子吞进嘴里。

祝年年看着他鼓鼓的腮帮子，有点陌生，又觉得有点可爱。

将包子吃完，陈长宁懒洋洋地直接跨坐着自行车往前走到垃圾桶旁边，扔掉塑料袋，回头对祝年年说：“给我一张纸巾。”

“啊？”

“纸巾啊。”陈长宁道，“不然擦你脸上？”他摊开手掌，举向祝年年。

祝年年不知道陈静安的纸巾在哪里，怕露馅，连忙低头说：“今天没带。”

陈长宁坐在自行车上倒着走回来，祝年年不敢看他，头低着，也不敢动。忽然，她左手上拂过一阵凉意，紧接着，刚刚还握在手里的豆浆瞬间到了陈长宁手上。

祝年年受惊地看向他，他正叼着她用过的吸管，眼神间探究意味更强。

“到我书包里拿。”他向祝年年侧了侧身，“外面那个夹层。”

祝年年照做。

“陈静安，你今天有点奇怪。”

祝年年拿纸巾的手一抖。

“是不是有什么事瞒着我？”

祝年年拿出纸巾，帮他抽了一张出来，小心递到他手上。

陈长宁安静地擦手，又安静地坐着车滑去垃圾桶边扔纸，又再次坐着车倒回来。

祝年年脸热极了。

下一秒，她温度很高的脸，确切地说是右下巴连着右侧脸，落在了陈长宁的手上——他把她的脸扳起来，左右翻着探看。

这一下，两人的脸离得极近，呼吸可闻，祝年年心脏提到嗓子眼。

“到底什么毛病？怎么不说话？也不抬杠？”陈长宁又凑近了一些，祝年年看到他漆黑发亮的瞳孔。

“你只要现在跟我说实话，我保证不罚你，也不跟爸妈告发你。”他轻声引诱道。

祝年年艰难找到呼吸和发声位置，结结巴巴地说：“要，要，要迟到了。”

听到这话，陈长宁嘴角一弯，笑了，随后，放开她。

“还知道迟到啊。”他坐着自行车走开一段距离，“先上车，晚上我再审你。”

祝年年高兴地走过去坐自行车。

等她坐好，陈长宁却没动，她正纳闷，陈长宁忽然转过头来。

“陈静安，你真的不是来那个？”

“不是。”

“那你——”陈长宁低垂视线向她示意，“什么时候用这姿势坐我车了？”

“啊？”祝年年低头看自己，侧坐着，有什么问题？

“算了。”陈长宁很快摇摇头，“你最好能想到什么好借口，哥晚上回家再问你。”

随着话音落下，陈长宁的脚离地，车子乘着春风前行。

直到车子驶出去好长一段距离，祝年年才调整好呼吸，小心翼翼地伸手扶住陈长宁的腰，一路红着脸，高兴极了。

这要是个梦，就一直做下去吧。

求求你了，流星。

第三章

/ 高二三班与高二八班 /

H U A H A I

变成祝年年之后的陈静安始终认为自己在做梦，哪怕坐上梦寐以求的祝爸爸专车，她仍然没有怀疑过，毕竟，想和祝年年交换人生的念头在她脑子里发酵了很久，很久。

直到祝爸爸在一次转弯途中偶遇行人紧急刹车，陈静安膝盖猛地撞到车壁，剧烈的刺痛感袭来，祝爸爸吓得立刻停车给她检查膝盖，一缕惊恐才在陈静安心底升腾起。她满心疑虑地从车内后视镜里观察自己的脸——还是祝年年那张白嫩的脸，额头沁着些许汗滴，显得楚楚可怜。

膝盖是真的痛，可即使这么痛，痛得难以忍受，陈静安也根本没有从梦中醒来。

祝爸爸把陈静安送到学校门口，反复确认她膝盖没问题之后，

终于放心地驱车离去。早起时还认为自己是做梦的陈静安，在经历膝盖碰撞受伤之后，开始怀疑当下情形。

她是个理科生，上初中以后，在陈长宁的有意引导下，她对物理也有了很深的兴趣。当然，最开始她并不是喜欢物理，而是喜欢一切怪力乱神的东西，诸如世界十大谜团、外星人和UFO（不明飞行物）存在可能性之类的，慢慢地，随着陈长宁书架上科学类、科幻类书籍的增多，陈静安的热情渐渐延展到更正统的领域，即物理学。

这也是为什么文理分科时，她选理科的原因。只不过，因为她本人除了喜欢已被证实的科学，还更喜欢科幻小说，所以，当下发生在她身上的、她成为了祝年年的状况，照常理来说，除了梦境这一个唯一的可能，是无法用其他科学理论来解释的，至少，现有的科学记录中没有出现过这种怪象。

不过，反而在很多古书里，诸如唐代段成式写的《酉阳杂俎》，宋代沈括的《梦溪笔谈》，还有蒲松龄的《聊斋志异》里，都或多或少有一些故事和她的奇遇类似。

也就是说，她成为祝年年，可能不是做梦。

以上这些念头，是陈静安在走去教室之前的思考。高二年级教学楼在同一栋，高二八班在二楼，高二三班在一楼。虽然早上有祝爸爸护送，但陈静安到学校的时候，高二年级早读课已经开始了。陈静安知道自己应该去二楼祝年年的班级，可她还是忍不住先去自己的班级门口遛了一圈。神奇的是，里面并没有另一个“陈静安”

在，三班教室里倒数第三排原属于她的座位现在是空着的。

这多少加重了陈静安的疑惑，她决定立刻去二楼高二八班“探险”。

陈静安不太走运，还没抬腿迈进八班教室，一位老师先叫住了她：“年年，今天怎么这么晚？赶紧进来。我跟数学老师换了节课，咱们趁早上多点时间，做个随堂考试。”

老师姓徐，教历史，是陈静安高一时的历史老师。这位徐老师显然很喜欢祝年年，根本没给陈静安过多反应时间，便匆匆把她带进了教室。

陈静安有片刻的慌乱，她有点担心自己进入了平行世界，在眼下这个世界，有真正的祝年年在，结果环视一圈，教室里确实没有另一个祝年年。

确认了这一点，陈静安瞬间放下心来，迈步要进去，又一想，她好像不知道祝年年坐哪儿。

同样遇上陌生状况的祝年年似乎比陈静安更从容。

首先，祝年年没有像陈静安那样怀疑现实，她坚信自己的遭遇是一场梦，原因很简单，她以前也常常梦见陈长宁。只是，过去梦里的陈长宁也和现实里的他一样，并不知道祝年年的存在，他在她的梦里也是遥远而孤傲的。

坐他的自行车上学，在上坡下坡的路段伸手揽住他的腰，这是祝年年做梦都不敢想的事。

可是今早，这一切都发生了。它太不真实，祝年年没法把它只当梦而已。

因为太相信这是个梦，祝年年甚至决定不去上课，光跟在陈长宁身后，以陈静安的身份和他谈天说地，整日整日地泡在一起。和他相处过程中已经发生的细节太过于美好，美好得令祝年年感到害怕，怕闹钟响，怕妈妈敲门，怕一切会让她醒来的声响。她在“梦里”想，她得争分夺秒。

遗憾的是，陈长宁比她想象的严厉。

祝年年只不过跟他走到高二和高三教学楼的分隔走廊，就被他以很凶的态度训斥：“没睡醒？跟着我干吗？”

祝年年吓得猛往后退了两步，逃也似的跑开了。

祝年年下意识地要上楼往高二八班的方向跑，在转角处，被一道力气扯住书包带，随之而来还有一个陌生的声音：“陈静安，你要去哪儿？”

祝年年受惊回头，看到一张完全不认识的脸。

那人没等她反应，径直走过来揽住她的肩膀，把她带离楼梯口。

祝年年哪和男生有过这样亲密的接触，当下就要挣脱，却听那人凑近她耳边说：“最近徐涛租了些新玩意儿，这周末你要不要来我家看碟？”

祝年年没懂他在说什么。这个男孩说话时，眼中隐约有深意，祝年年琢磨了一下还是不明白，于是重新要挣脱他的掣肘，不料旁边的人拉着她猛一拐弯，将她带进了一个教室。祝年年匆忙中回头看了一眼教室门口的牌子：高二三班。

高二三班是陈静安的班级。

理科班特有的男生气息扑面而来，祝年年被男生架着在课桌间行走，每一张都是清晰又陌生的脸，这情形不禁令祝年年感到诧异：她以前做梦，哪怕做得再长再详细，也没出现过这么多人啊。

这个梦，似乎有些奇怪。

第四章

/ 碰头 /

H U A H A I

时间是2009年。

穿越小说正大行其道，它们教会陈静安一条很灵的应变法则——装聋作哑。即使她并不相信世界上存在穿越这种事，但她还是使用了这条法则。靠着这条法则，她不仅弄明白了祝年年的座位在哪里，前后左右坐的分别是谁，班上喜欢跟在她屁股后面转的女同学是谁，甚至哪些男生喜欢祝年年，她都摸了个八九不离十。

除了这场临时和数学课交换的随堂考试。

如果说早上在祝爸爸的车里，尖锐的撞击疼痛没有使她从梦中醒来是意外的话，那么历史考试过程中陈静安所经历的漫长精神折磨也没能惊醒她，就不能算是意外了。

陈静安花十五分钟做完了测验，之所以做得这么快，当然不是因为她很会写，实在是因为她会的题目只有零星几道。眼看着四面

八方的同学都下笔如有神地唰唰答卷，陈静安心头不断涌起从未体验过的焦虑，在这巨大的压力下，她一边咬着笔头，一边发挥理性思维。她想起在陈长宁那里翻阅过的一本书，弗洛伊德所著的《梦的解析》，她将自己的感受与书中的叙述对照来看，越来越笃定自己的想法，她也许不是在做梦。

一想到这个可能性，陈静安心中的压力奇异地骤减。针对自己遭遇的现象，她排除了一个可能性，却得到了千万种新的可能性。然而这一切的可能性，都需要一件事来验证——

她得去找祝年年，啊不，现在也许是，“陈静安”。

陈静安执行力很快，上午第三堂课结束，她借故甩开小丫鬟（陈静安给祝年年好友取的外号）邓莎莎，一路疾驰到高二三班门口，拦住第一个出门的人问：“郑川，你能帮我叫祝——”

“叫住什么？”叫郑川的男生一脸受宠若惊的表情，显然对级花能喊出自己名字这件事感到很意外、很兴奋。

“请帮我叫一下‘陈静安’。”意识到自己差点露馅的陈静安立马改口道。为了契合自己级花的身份，她还特地做作地拂了一下长发，同时递出个自认为甜美的微笑。

郑川的瞳孔急剧张大，级花的突然造访使他身后瞬间围了许多男生，都贱兮兮地起哄，怪叫着推郑川。陈静安一眼扫过去，人群中不止有三班的男生，还有二班和四班的，连挨不着边的一班男生似乎也在往这里赶。陈静安看着这一张张神色各异的脸，又捋了捋头发，心道：

啧啧啧。

原来这就是当美女的滋味啊！

怪爽的！

郑川喊人的效率很高，不多时，很快就见“陈静安”从教室后门挤出来。

两个女生视线接触的那一刻，千言万语流转过，好像某种电波突然接通，两人默契地点点头，避开人群往楼梯口走去。

课间无人的假山花园。

流水小拱桥上，陈静安在前面大剌剌地走着，祝年年在她身后喘着气，跟不上她的步速。等陈静安发现这件事，不由得驻足等她，感到很诧异：“你用着我的身体，为什么体力这么差？”

祝年年俯身喘气：“不，不知道。”

陈静安开始自顾自地绕着她检查自己的身体，这种感觉非常怪异，明明是每天都在镜子里见到的身体，自己还从未以这样的视角看过。

祝年年渐渐喘平呼吸，她用着陈静安的脸，眼神却还是祝年年那种柔弱可人的样子。

陈静安见状，下意识地后退：“我到底是不是在做梦？”

祝年年此时也在观察陈静安。

末了，两人开始互相绕圈察看，架势搞得像武林高手对决。

“你——”

“我——”

陈静安和祝年年同时开口，又同时住口。

“你先说。”陈静安飞速道。

“我，”祝年年顿了顿，“我是想回答你的提问。我也不知道是不是在做梦，但我觉得是。”

“你什么时候发现自己变成我的？”陈静安问。

“今天早上。”

“在我家？”

祝年年点头。

“在我家遇见了谁？”

祝年年低头道：“你哥。”

陈静安思忖片刻，结合自己早上遇到的状况，作出分析：“我感觉可能不是做梦。”

祝年年抬头，眼神很好奇。

“我们可能是，穿越了。”

“穿越？”

“也可能不是。”陈静安说，“目前尚未有任何科学原理可以证实世界上存在穿越的可能性，不过，倒是也没有任何科学原理能说明，穿越的可能性不存在。”

祝年年被陈静安说蒙了。她的表情显得无辜而茫然，落在陈静安眼里是一种极其怪异的感觉。明明是自己的脑袋自己的脸，五官也是自己的，可那副神情，陈静安敢打赌，自己做不出来。

她到底是不是在做梦啊？

“我起鸡皮疙瘩了。”陈静安搓了搓手臂，甩掉脑中怪异的思维，“我问你，你是早上一睁眼就发现自己在我家的吗？中间有发生其他事情吗？”

祝年年短暂回忆了片刻，摇头。

“你有哪里不舒服吗？头疼什么的？”

“没有。”

“你几点钟醒的？”

“没有注意，但我想，应该是七点左右。”

“那和我一样。”陈静安心中疑虑愈深，“你把你醒来之后发生的事情，每一件事，都详细跟我讲一下。”

祝年年并不明白陈静安的意图，可她选择了照做。好在她记忆力好，记的事情又都关于陈长宁，所以答得很详细。

陈静安问祝年年细节，当然不是为了八卦。在祝年年复述经历的过程中，她一直在算时间进度，等祝年年说完，她确定了一件事——祝年年确实过了一个完整的上午，一个原本属于陈静安的上午。

和她的遭遇一模一样。

这意味着，她们真的不是在做梦。

陈静安的沉默引来祝年年的不安，她有些担忧地问："你发现什么了吗？"

"没有，我只是不知道发生了什么。"陌生的奇遇让陈静安激动得直发抖，"现在的情况是，咱俩身上发生了一些变故，我能想到的可能性是穿越。当然，这只是我的猜测。一般来讲，世界上可能的穿越都是时间穿越，我们这种，我也弄不清原因是什么。你如果急着想换回来……"话到此处，陈静安余光瞟向祝年年，观察她的反应。

"我不急。"祝年年打断了陈静安。

"你听明白我的问题了吗？"陈静安难以置信地问。

"明白，"祝年年神情很淡定，"我说我不急。现在也没办法确认我们是不是就像你说的，时光穿越还是什么的，我还是觉得，它也许还是个梦，你也是在我梦里，我们总会醒过来。"

"梦是没有生理性痛觉的，生理性痛觉只会在现实中产生，不信我掐你，你感受一下，看看能不能醒。"陈静安上前一步，想说服祝年年相信她们并不是在做梦，而是在经历更高级的神秘事件。

不料祝年年竟然猛地后退了一步，整个人防备地看向陈静安。

"我还不想醒。"她坚定地说。

明明正中下怀，陈静安也不想醒，可祝年年的反应却着实让陈静安有些费解——她看起来好像挺想当陈静安，这世界上竟然会有人不愿意当祝年年吗？

陈静安的审视目光带着压力，祝年年下意识地伸手要捋头发，无奈动作僵在半空中，她后知后觉到自己已没有长发，于是收回手，乖巧地站在原地，说："如果你也不确定这是不是梦，那我们就先暂时当它是个梦好了，也许我们只是交换了梦境，也许很快我们就会醒，这些事都会忘记。"

"交换了梦境？"陈静安一边复述祝年年的话，一边在脑中想象她说的可能性，"这个想法倒蛮有意思，我没想到过。"

"我的意思是，既然这可能是个梦，那我们就随时可能会醒，在这之前，我们都不要叫醒彼此，你觉得可以吗？"

"可以啊。"陈静安耸耸肩，本来她也没打算要"醒"过来，她没当够祝年年不说，正在发生的这件事还没弄明白呢，怎么能现在醒？！万一她真的时空穿越了，岂不是世界第一人！她会被写进物理书里，像牛顿、爱因斯坦那样名垂千古的！

陈静安正遥想自己拿诺贝尔物理学奖震惊全球为国争光的时候，祝年年已经想到更具体的方面。

"假如今天到放学我们都还没有醒，没有换回来，那能麻烦你给我写一份注意事项吗？"祝年年问。

陈静安今天用着祝年年的身体出现在教室后门时，祝年年其实吓得不轻，可梦境本就是玄而又玄的事情。祝年年猜测自己确实是日有所思夜有所梦，她对陈长宁的隐秘心事在心中埋藏太久，而她之前梦到他的场景又太过短暂，所以这才有了一次超长时间的、现在看起来有些天马行空的新梦境。她不太在意陈静安怎样使用祝年年这个身份，毕竟梦一醒来，一切都要回到现实。她只是希望，陈静安不要叫醒她，以及，她不要在陈长宁面前露馅。

“什么注意事项？”

“就是，我要当陈静安的话，放学要去你家吧？”

陈静安顺着祝年年的问话想了想，随即点点头：“没错。”

“所以，可以给我写一份简单的，在你家住一晚需要注意的事项吗？我也会给你写一份。”

陈静安不明所以：“为什么要写这种东西？”

祝年年耐心地解释：“早上从你家出来，你哥哥好像觉得我怪怪的。说起来我也觉得很奇怪，为什么梦里的人会那么真实，我担心晚上回去的时候他会继续怀疑我。”

“你说陈长宁啊。”

祝年年点头，突然感到不受控制的脸热：“我想的是，我们现在交换了身份，是不是一旦我们身边的人发现这个秘密，我们就会立刻醒过来？”

陈静安没想到这里，她根本没觉得自己在做梦，可是祝年年的说法确实给她开启了一个新思路。她想了想，说道：“不是没有这种可能。”答得很保守。

“那既然我们都有不想醒来的共识，就帮助对方守住身份吧！”祝年年说。

“不是，咱们可能不是在做梦，也许真的是……”祝年年满怀憧憬的神情让陈静安忍不住想说服她，她们正在经历世界级谜团，可一对上祝年年那张茫然而又无辜的脸，陈静安瞬间像熄了火的哑炮，一肚子科学原理和怪力乱神的说法登时吞了回去，“好，我下午给你写，自习课之前给你送过来。”

祝年年这个人，哪怕用着陈静安的脸，也依旧有一种清纯得令人不敢轻易对她大声说话的气质。

“好的，谢谢你。”祝年年很有礼貌地说。

“可是，”答应得爽快的陈静安转念又有些为难，“这个注意事项上，具体需要写些什么呢？”

祝年年凝视着陈静安，看她挤在一起的五官，脸上是自己绝对做不出的表情，禁不住笑了。

“就是比如，”祝年年伸手指向自己的脸，示意陈静安，“要当祝年年不被识破，不能做刚刚那样的表情，至少，决不能在我爸妈面前做。”

“啊，还有呢？”陈静安恍然大悟。

“还有就是，”祝年年一边回答一边思考，她发觉陈静安和自己的思考方式真的很能体现文科生和理科生的不同，“除了在陈家生活需要的注意事项，好像，你的朋友有点多，我只记住了田野和徐涛。”

“那先记这两人就好了，他们都是我的好哥们儿、死党，其他的就是普通同学。田野和徐涛没什么好防的，这两人很傻的，跟他们一起玩的时候，你找个借口说自己身体不舒服，听他们说话就行了。”

“啊，还有一件！”祝年年骤然想到，“我理科……很差劲。”

“说起这个，”陈静安咳了咳，“今天你们历史老师和数学老师换课做了个课堂小考，我估计，估计，能考个二十分吧。”

祝年年目瞪口呆。幸好是梦，否则爸妈，尤其是妈妈，知道她成绩一落千丈，应该会崩溃吧。

两人随后交流了一番学习应对思路，祝年年提了个方案，被陈静安一口回绝：“那这不是要我同时学两科吗，何苦呢？我的人生已经这么劳累！”

祝年年被她的语气逗笑，忽而又有些失落地想到什么：“也许等不到我们学两科，梦就醒了呢？”

陈静安语气坚定：“那不行。”她还没弄明白自己和祝年年发生了什么，是不是只有她们两个经历了这些，是受了地球外什么星系影响还是别的，万一她和祝年年一直换不回来怎么办？

不过，如果真换不回来，似乎也还不错，就是不知道祝年年怎么想的……脑中刚有这个念头飘过，陈静安的问话也立刻飘了出去：“如果我们一直不醒，换不回来，怎么办？”

祝年年脸色一滞，像是完全没想过这种可能。过了好半晌，陈静安以为等不到她的答案了，却听见她说：“你实在觉得同时学两科很辛苦的话，以后每天帮我借黄锦麦的笔记就好，我可以给你补习。黄锦麦坐在第三排的第五列。她人很好，会借给你的。”

这个回答引来陈静安不可思议的眼神。她觉得祝年年根本没能准确理解她的问题，而她此时出于一种莫名上涌的怜香惜玉心理，决定不再和祝年年深入探讨这个残忍的可能性。

“对了，你身边人那么少，谁算是高危级别？”陈静安问。

“高危级别？”祝年年不明白她的意思。

“就是比较容易发现破绽，识破我假祝年年身份的人物，我得注意。”

祝年年静思片刻，说道：“我爸爸。”

“你爸？你爸不是挺沉默寡言的吗？”祝爸爸早上送陈静安上学，两人说话不到十句。虽然早上以为是做梦，没怎么在意，现在一回想，陈静安有些纳闷，这对父女难道有重大隔阂吗？

“对，我爸爸一向话很少，但他很爱我，不过这不是重点，重点是，我爸爸在当我爸爸之前，是警察。”

“啥玩意儿？”

“他以前是刑警，侦查意识很强，我很小开始就学会了不对他说谎。”

“我……”

“但也不用太害怕，他不打人，也不骂人，对我没有妈妈严厉，和他相处只要注意一点，不能骗他。”

“可我——”

陈静安心道：可我平生最爱的就是瞎说啊。

“你呢，身边那么多朋友，你刚刚只说了徐涛和田野，其他人呢？有特别需要警惕的吗？”祝年年问。

“陈长宁。”陈静安立刻给出答案，没有半秒钟犹豫。

听到答案的祝年年伸手捋头发，照旧是卡在半空中又收回来。可惜陈静安正沉浸在列数陈长宁的罪状中，没有察觉。

“他这个人，用阴险狡诈来形容都毫不为过。你别看他长得一张什么‘初恋脸’，‘二中柏原崇’，假象！通通是假象！他——”陈静安在这里住口，因为她正看到一个人朝自己走来。

真是说曹操，曹操就到。

好的不灵，坏的灵。

陈静安吓得就要抱头鼠窜，可真等陈长宁走近，目光穿过她往她身后射去时，陈静安忽然想起来：咦，我现在不是陈静安了啊！

陈长宁长腿阔步，大约正在生气，步速很快，在他经过陈静安身侧时，陈静安做作地撩了一把长发。小拱桥路窄，她的发尾被撩到陈长宁胳膊上，引来他一道凛冽的目光。

陈静安立马脚底抹油似的溜了。

身后传来他对祝年年的训斥：“远看就像你，已经打上课铃了你没听到吗？现在……”

后面的话全体模糊远去，陈静安满身轻松地跑向八班教室，心情就像是坐上一台喷射机。好像是脱离开“陈静安”这个身份，她才反而感受到不当陈静安的快乐。

好轻松啊！

与此同时，在当陈静安的祝年年正被陈长宁一手提溜着走出小花园。陈长宁气归气，小花园入口那一簇垂下来挡路的油麻藤，他还是贴心地一把帮祝年年拨开了。

祝年年心中欢喜，全然忘了陈静安一分钟前的提醒。

“回家最好交代清楚，你今天到底怎么了。”

“没怎么。”

“没怎么，你跟文科班女生躲在这儿瞎聊天？”

“没——你怎么知道她是文科班的？”他的问话瞬间令祝年年心如擂鼓，他认识自己吗？这么想着，心跳禁不住越来越快，脚下的步子也被陈长宁带得大步流星起来。

“她不是祝年年吗？”

“是，可是你怎么认识她？她是高二的啊。”

“等等，”陈长宁停步，拎祝年年胳膊的手却没松开，“不是你三天两头跟我提她，说大家都把她当小公主很无聊很假吗，陈静安？”

祝年年看着他压迫的眼神，忍不住吞了一口口水。这种对视的压力太大，使祝年年完全忘了追究，原来陈静安会经常在私下提起自己。

“你真的……”陈长宁眉头皱紧，步子重新迈出去，“三天不打上房揭瓦，晚上我有考试，估计十一点回，你最好在家等我。提醒你一句，”他像拎行李一样把祝年年拎上楼梯，“不要找借口、编故事，你很了解我，我特别喜欢玩推理游戏。”

祝年年在二楼被他扔下，他自己则三步并作两步地往高三年级的楼层走去，动作轻盈极了。

就让这个梦再做久一点吧！

祝年年在原地目送陈长宁离开，良久，她终于微微笑着，也朝三班教室脚步轻盈地跑去了。

第五章

/ 行动守则 /

H U A H A I

祝年年给陈静安的行动守则写了足足三千字，陈静安只写了不到三百字。

对比之下，祝年年写的三千字，读起来毫不费力，陈静安读一遍就记下了。然而陈静安本人写的三百字，可以说比狗屎还难看。

当然，对于和祝年年之间写作能力的巨大差异，陈静安没有怪罪自己，而是统一归咎到文理科出身上。

祝年年写的行动准则里，关于班级部分，邓莎莎独占许多篇幅，她是祝年年最好的朋友。实际上，经过半天的相处，陈静安已经基本了解了她的性格。只是理科班很少有这种风格的女生，陈静安一开始很不适应，后来发现她和祝年年写的一样，是个八卦传播机，又觉得她挺好玩的。

虽然她传播的八卦都很假：

“陈长宁好像打算考上海，说是爸妈的意愿。”

嘁，他才没有打算考上海，爸妈的意愿根本绑不住这匹野狼。

“陈长宁和高三十班的吴蒂珊走得很近。”

那还不是因为吴蒂珊是陈长宁正儿八经的妹妹——表妹。吴蒂珊平时来陈家，仗着自己有血缘关系，眼睛长在头顶上，根本不把陈静安放在眼里，就只跟陈长宁玩。虽然陈静安并不稀罕吴蒂珊的友情，但她确实看吴蒂珊很不顺眼，年纪轻轻，满脸写着想和表哥结亲的渴望，陈静安认为吴蒂珊毫无伦理道德观念。

“陈长宁穿黑色比较好看，冬天看他穿羽绒服，好像漫画里的男主角哦。”

他不穿最好看吧。陈静安翻了个白眼。

“陈长宁——”

“你为什么总提陈长宁啊？”放学路上，陈静安终于忍不住打断邓莎莎。老天为什么不能让她好好享受没有陈长宁的日子？！

邓莎莎先是一脸受惊的神情看着陈静安，隔了一会儿，她的脸色由受惊变成受伤：“年年，你怎么了？有什么不开心的事情吗？”

不经意露出本性，陈静安不好意思地咳了咳，说：“对不起啊，我没事，就上午历史没考好。”这是实话。

“原来历史没考好啊！”听到陈静安道歉，邓莎莎的脸色立刻乌云转晴，“怪不得你今天都怪怪的，别担心啦，你历史没考好，也不过就是九十分变八十分，这次题目又不难。”

陈静安看着她，几次张了张嘴，最终是无语凝噎。

祝爸爸每晚都来校门口接祝年年下课，这个情况陈静安早就知道，祝年年也在行动守则里写了。虽说祝爸爸不像豪门剧里开豪华大奔来接送，但这令人发指的理想化待遇，陈静安过去委实羡慕又嫉妒极了。早上出门的时候，心情太松散，以为是个平平无奇的短梦，没重视祝祝爸爸和祝爸爸的车，可到现下，陈静安的心情已全然不同早上了。她非常笃定地认识到，她不是在做梦，和祝年年之间发生的神奇交换是客观存在的事实，只是这事实超出了她一个高中生的理解水平。她还需要再观察、再确认，当然了，观察和确认都需要时间，在这之前，她要好好享受当公主！

这么想着的时候，陈静安刚坐上副驾驶座，系好安全带，一脸喜不自胜的表情，引得祝爸爸转过头来看她。

“什么事这么高兴？”

“啊？”陈静安笑脸遽收，霎时想起身边这位中年男子之前是一名公安民警。

“考试考得好？”祝爸爸发车，汇入校门口的车流。

“不，不。”

“连说两个不，是否认考得不好，还是有什么别的高兴事儿？”

陈静安紧张起来，祝爸爸话里的逻辑关系复杂，她没听明白，又想着自己今天历史考得一塌糊涂，感觉要玩完，于是暂时选择沉默。

沉默是金原则！

“怎么不说话？”祝爸爸突然转头看她。前面车行缓慢，他看她的时间有点久，看得陈静安心里发毛。

——不要对我爸说谎。陈静安骤然想起祝年年反复强调的这句话。

“我，今天，历史没考好。”陈静安有选择性地说了一句实话。

“怕回家妈妈说你啊？”

“嗯。”陈静安在脑中飞速翻阅祝年年给她写的“和爸爸相处要则”，就坡下驴地回答道。

“我当多大事呢，我闺女今天表现得有点不太正常。”祝海深一面打方向盘，一面不忘观察陈静安，“以前你就不爱跟爸爸讲学习上的烦恼，这是头一遭啊，爸爸还有点受宠若惊。”女儿难得主动跟他说没考好的事情，可不是破天荒头一遭吗？

陈静安发现祝爸爸的语气由刚才的拷问变成宠溺，她不禁愣了愣，全然没想到风向能往这个方向转。她家老陈是书呆子，完全没这么灵活。

“是不是从没让妈妈失望过，这一回没考好，不知道怎么跟她说？”想倾听女儿烦恼的欲望格外强烈，祝海深难掩关切地问。

陈静安猛点头，您说什么就是什么。

“你要是不想先说，就等卷子发下来，主动跟妈妈坦承丢分的部分是什么原因导致的，总结错误经验，妈妈要是看到你这么快自省，不会责怪你的。”祝海深语带笑意地说，“再不济，爸爸明天再帮你打个掩护，先给你妈妈做个思想准备，当你坚实的后盾吧。”

陈静安别开视线看车窗外，天色渐晚，车灯璀璨，看得她心里暖洋洋的。她这个人，一向吃软不吃硬，这家人，包括祝年年本人，偏偏都是软人，完全对她胃口，实在天作之合！

温暖的事情并不止这一桩。

早在之前，陈静安就听说祝年年妈妈辞了工作，特地做全职主妇，照顾祝年年上学。回家见到一桌热菜，祝妈妈还特地煲了浓汤等她时，陈静安差点哭出一条黄浦江。

祝家很讲究餐桌礼仪，这点祝年年的行动守则里提到过。陈爸爸陈妈妈因为工作关系，不能每天回家烧饭给陈家兄妹吃，所以他们的晚饭大多是在小区的老铁餐馆解决。不过，一旦碰上一家四口聚餐，饭桌上的气氛总是热火朝天的。对比下来，祝家饭桌反倒更像标准知识阶层，食不言寝不语不说，吃饭吃菜的音量都无限趋近于零。好在陈静安记性好，祝年年的行动守则只看过一遍，餐桌礼仪还是记得清楚。整顿饭下来，她没怎么被骚扰，只是祝妈妈充满母爱的眼神始终没离开过她，以至于那道烧得软烂入味的极品红烧鸡翅，陈静安都没敢撒开膀子吃。

“今天我陪女儿散步吧。”祝海深放下筷子说。

饭后散步消食这个规矩，祝年年写的行动守则里也有，所以听到这个安排的陈静安没多大惊讶。

惊讶的是祝妈妈梁慧茹，只见她睁大眼睛看着丈夫：“哟，今天这么积极？”

“好久没陪过姑娘了，往后可要掐着手指算在一起的日子了。”

“好好的，怎么突然说这些？”梁慧茹颇有些伤感地说。

就是，怎么突然说这些！陈静安急忙在心中附和道。祝家她是初来乍到，还没弄清楚背后的科学逻辑是什么，时效有多久，还想多体验体验公主家庭的温暖，怎么祝爸爸就突然开始煽离别之情了？

陈静安小心地观察祝家夫妻，发现祝妈妈脸上伤感情绪越发严重之后，连忙离座起身，干脆地说：“走吧，爸，现在去散步。”

对比起陈静安，祝年年的晚餐实在很简陋。对于日常饮食安排，陈静安在守则里只写了这么一句话：周一、三、五，爸妈在学校，晚饭可以在学校食堂或小区门口的“老铁餐馆”解决。

变成陈静安的第一天，祝年年在二者之间选了“老铁餐馆”。

餐馆老板显然是陈家人的熟识，热情招待祝年年，给她推荐了陈静安最喜欢的例餐搭配。只是祝年年没有照陈静安的菜单来，灵机一动，问起陈长宁的例餐搭配。

“你跟你哥爱吃的不都一样嘛！”面相憨厚的店老板说，“是不是图你哥分量多？行，你哥不在，大伯给你加量，比他还多，成吗？”

一听加量，祝年年连忙摆手：“大伯，我不饿，分量照平时吧。”

“真不加？”

祝年年笑着摇头。

老板笑道："你就是喜欢跟你哥犟和争，所以你爸妈才舍不得管你们，由你们闹。可亏你们俩，闹归闹，成绩一下不耽误。所以说啊，老师家的小孩，学习就是有天分，不用操心的，不像我们家琳琳，真是榆木脑袋，唉！"

店老板说的全是闲话，祝年年却听得很开心，关于陈长宁的一切，她都很喜欢听。她没有陈静安那种理科生对超现实状况的好奇心，正发生在她身上的奇遇，她始终认为是梦，初高中以来的文学给养让她更相信现状是梦。她想，一定是她对陈长宁的喜欢太过虔诚，所以得赐了这样一个好运。

既然是天赐的好梦，那她便要在梦里竭尽全力地享受和陈长宁相处的时光，因为不知道好梦会什么时候结束。

一想到梦会结束，祝年年的心里又萌生出一丝伤感。她太了解自己，即使梦境结束，她或许能在梦里得到一些勇气——和陈长宁相处的勇气，可这些勇气是不会带到现实的，回到现实，她一定还是那个软弱羞怯的祝年年，她不会突然变得勇敢，一定不会的。

餐馆老板适时送来的例餐打断了祝年年的联想，她礼貌地对大叔说了谢谢，反引得大叔意外的目光。

"丫头怎么这么客气，一下子都不认识你了。"店老板说。

祝年年听完心一惊，赶紧低头吃饭。陈静安写的行动守则简单又宽泛，几乎没有提到餐馆老板。祝年年惶恐地想，不会到最后，先发现她不是陈静安的人是店老板吧？在学校她已经很艰难很小心地伪装了一整天，生怕身边陈静安的朋友们发现她有异常，就连语文老师布置的作文题目，祝年年都考虑到自己和陈静安写的字、行文风格存在差异，打算回家模仿她行动守则上的笔迹——念头至此，祝年年不由得紧张起来，刚想开口解释，却听店老板说：“那你先吃，铁叔忙去了。”

“好。”

店老板笑着转身走了，祝年年偷偷抬眼看他宽厚的背影，长舒了一口气。即使身在梦境，对危险状况的感受还是很真实。一顿饭吃下来，祝年年发现自己的饭量并没有因为变成了陈静安而增多，她还是小鸟胃，只能吃一点点。这点发现让她愈加相信自己还是在做梦，她还是祝年年。

虽然没在祝家生活，祝年年仍然保持着在家里的良好生活习惯。饭后，她一个人在陈家的小区里晃了半个小时，半是散步消食，半是小区摸底。回到家已经快九点，祝年年在陈家简陋的洗手间一切从简地洗完澡，吹干头发。回自己房间之前，她在陈长宁房间门口驻足良久，几番犹豫要不要进去“探险”，步子迈了又退，退了又迈，反复来回，最终一狠心，回了陈静安的房间关上门。

她想错了，梦并没有给她勇气，陈长宁是她心里高耸入云的障碍物，她跨不过。

祝年年趴在书桌上漫无边际地想，如果下一秒这个梦就结束，她会不会后悔？答案是肯定的。陈长宁中午说晚上见，祝年年虽然清楚地知道这话是对陈静安这个身份说的，但还是难以自抑地把它当作一个约会。她诚心诚意地默默祈求上天，起码让她和他见完面再收回梦境。

等待的时间变得百无聊赖，祝年年不想放纵自己胡思乱想，于是转身从书包里掏出书本来。

花在学习上的时间是无论如何不能被算作浪费的。这之后，祝年年细心完成“大三门”作业，用陈静安的笔迹和行文思路写完一篇作文，而后小心翼翼地从书包里翻出陈静安给她借的“小三门”笔记，一边读一边写作业。文科和理科不同，除了书本内容重要，老师课堂上提到的重点和考点也很重要。黄锦麦是笔记达人，平时在班上，祝年年自己也没少问她借笔记。

落下的课程内容，只能靠自学补上了。

好在文科不难，只是理科……也不知道陈静安错过课时要不要紧，物理老师好像提到最近有抽考的打算，化学和生物，祝年年还能勉强应付，物理就真的……

可是，明明是在做梦，为什么还会有这么大的学习压力呢？她是不是可以稍微放松一点点，不这么尽职地做好学生呢？祝年年不禁问起自己来。

不行。祝年年端正了自己心底的答案。

正走神想着这些，客厅响起开门声。陈静安这个房间隔音不好，响声突兀，祝年年顿时如临大敌，心脏激烈地跳动起来。

然而没等她调整好自己，房门就被敲响，随后是陈长宁的声音：

“我进来了。”

祝年年手足无措，伴有短时失语。

门被推开，陈长宁站在门口，穿着白T恤，一脸狡猾的老猫想抓老鼠的表情。

“偷玩电脑了？”他挑眉问道。

祝年年摇头，她根本不知道陈家的电脑在哪儿。

“那你摆这么齐全的装备，不是为了骗我？”陈长宁下巴一抬，意思是指她的书桌。

“没。”

“啥玩意儿？”

“我没骗你。”祝年年小声说。

陈长宁一只手比在耳朵旁，做了个很夸张的聆听手势，道：“喂，你好，你是蚊子吗？”

祝年年被他的动作和喊话声音逗笑了。

这一笑，陈长宁有点蒙。他斜靠着门框，校服和书包都挂在一侧肩膀上，盯着祝年年看了许久。

“你有问题。”他站直身体说，“来我房间。”

“啊？”

没等祝年年反应过来，陈长宁已经转身回到自己房间。两间房距离不远，也都不大，祝年年一眼就把陈长宁的房间看了个完全。

他房间不乱，不脏，还有一排书架，和她想象中的陈设几乎一样。因为这个发现，祝年年又有点欣喜，她大约，是了解他的。

陈长宁在自己的书桌前落座，开了台灯，书包放上桌，从里面依次掏出各科课本和习题册，还有一沓试卷册。

祝年年脚步既轻又慢地走到他身边，等他抬头看她，她却不敢与之对视，立马垂下脑袋，双手搓睡衣衣角。

“明天考试，我还有卷子要写，没多少时间跟你打游击，别以为今天扮乖巧，就能在我这里出奇制胜。”话到此处，陈长宁忽然坐着将椅子移到离祝年年更近的位置，斜仰着头，正对她低垂的视线，“说吧，装一整天乖是为了掩饰什么犯罪事实？”

祝年年答不上来，她没法看他，要晕的。

“沉默是金原则是吧？”

祝年年摇头。

“还是你想让我在仅剩 100 天就高考的百忙之中去抽空查你到底捅了什么娄子？”

“我没有，没有捅娄子。”

“陈静安，你不要惹我生气。”

“我——”祝年年不知道该说什么，怕说多了暴露自己，梦很美妙，不要提前破坏。

陈长宁长久地看着她，忽然长叹了口气。

“行了，我不逼你，既然你不想主动交代，就去外面给我把门带上。我要提醒你，哪天你要是东窗事发，我可不会心慈手软。”

这陡然放缓但实则又很严厉的语气对祝年年来说极为致命，她受不住，满脸抱歉地看着陈长宁，差点要告诉他，我不是你妹妹，我是祝年年。

还是忍住了。

说了不就等于和他再见了吗，她不想和他再见。

祝年年默默搓着衣角出门，正要从外面给他把门带上，却见他坐在书桌前，查究的目光并没离开她。

“你还是陈静安吗？”陈长宁突然说。

“啊？”祝年年重新紧张起来。

“不是提问，你不用回答。”陈长宁说。随后他收回视线，从书桌上笔筒里拿了笔，安静地做起试卷来。

祝年年握着门把手，在原地几度抬脚，收脚。

最后还是轻轻关上门。

“唉。”祝年年背靠门轻轻叹了口气，一跟他说话就紧张的毛病什么时候好啊？她想和他正常聊天，好想好想。

希望梦醒之前，她可以得到这样的机会和勇气。

第六章

/ 偷书·壹 /

隔天一大早，花园小径，祝年年在和陈静安交换作业本的时候交代了昨晚和陈长宁的冲突经过。

陈静安听得一脸蒙：“就这样？”

“对。”

“这算哪门子冲突？他都没对你动手吧？”

“动……动手？”祝年年听得大惊失色，“他，他会打人？”

“嗨！不是打人，就是动手，钳制住你、掰你手腕、翻你胳膊什么的，他没有吧？”见祝年年用着自己的身体，性格还是柔软，陈静安没来由地对这位级花生出怜惜之情，由衷希望陈长宁没有像对她那样对祝年年使用武力。

“啊，这样……”祝年年低头捋头发，照旧没捋着，又紧张兮兮地收回手去，“他没有动我，就是，他好像对我很生气。今天早上，

他没有送我上学。”

“正常！他们今天有测验，全天考试，走得早，没带你正常。”陈静安一派轻松地说。

祝年年放了心，转念想到什么：“你好像没有把这条写在守则里。”

“我没写吗？”

祝年年摇头。陈静安给她的守则，关于陈长宁的部分着墨很少，基本就是建议和他保持距离，细节方面的注意事项几乎没写，倒不是陈静安懒，而是实在是想不出要写什么。

今天早上再次从祝家醒来，陈静安心中感恩无比，她不知道该感谢谁，是外星人还是物理准则？总之，早起闻到满屋的香气，吃着祝妈妈煮得软糯无比的稀饭时，她由衷地感激这次奇遇，由衷地希望奇遇的时间可以尽可能再长一些。

怀抱这种感恩心情的人显然不止陈静安一个。早上醒来看到仍旧陌生的天花板，祝年年心里也是甜蜜蜜的，除了出门没见到陈长宁让她有些微失落外，其余的一切都让她很激动。她还有时间，还可以和他相处。哪怕需要花一整天的时间应付梦里出现的其他人，以及其他可能会破坏她美梦的危险，她都甘之如饴。她深切地明白，哪怕是在梦里，哪怕是她的梦，要得到美好，也是需要付出一些代价的。她即将要付出的代价就是一整天的伪装，伪装自己是陈静安。

“那就是他这个人，没什么好写的。”陈静安道，“倒是你爸，我总觉得他发现了什么，连你妈都说他昨天对我有点过于热情了。”

“我，爸爸……”祝年年伸手指自己，“对你，过于热情？”

“对，昨晚他带我散步。”

“我，爸爸……带你散步？”

“对，怎么了？你这什么表情？你是不是也觉得这件事很可疑？你爸还问了我一些奇怪的问题。”陈静安越说越觉得事态严重，当过刑警的人果真不好惹。

“爸爸问你什么问题？”

“问我最近在读什么书，是不是还在看村上春树，我根本没看过村上春树，就随便说了几句。后来他问我班上和学校里有什么八卦，之前那个常来家楼下等你的方同学怎么样……”

听到这里，祝年年心中了然父亲的用意，笑着说：“我爸爸应该是怀疑我在早恋。”

“啥玩意儿？”陈静安瞠目结舌。

祝年年把装好作业的书包背上，徐徐道：“他很不喜欢我读村上春树的书，不过这点没什么，关键是，他提到方建。”

“对对对，方建。方建是谁？暗恋你的人啊？”

祝年年一惊，陈静安猜准了。

“真是啊？”

祝年年点头道：“不用担心，他不是怀疑你的身份。时间不早了，我们回教室去吧。”祝年年话一说完转身就要走。

陈静安眼疾手快地扯住她的书包带，一把把她拉了回来。其实陈静安本人比祝年年高，她有一米七一，祝年年只有一米六五。可如今哪怕陈静安是祝年年的身高，提溜人的本事倒还健在。

只见身材比陈静安高挑的祝年年一脸疑惑地回头看她。

陈静安清了清嗓子，认真地说："今天下午放学比较早，你能帮我做件事吗？"

"什么事？"

"我爸妈七点半坐校车出发，八点一刻才能到家。陈长宁考试考到六点，通常他会跟他那群傻哥们儿打一两个小时球放松再回家，咱们高二统一五点半放学，也就是说，你回家后，有一到两个小时的时间。"

"做什么？"

"去陈长宁房间帮我拿点东西。"

祝年年瞪大眼睛道："什么东西？"

"几本书。"陈静安压低声音，神情像谍战剧里的女特务，"书名我记不太清楚了，大概是物理知识那一栏，有几本关于时空穿越、时间的秘密之类的。他喜欢整理，这一类的书都放在一起，你挑着拿就行。"

"你说的'拿'是指？"

陈静安右手靠在嘴角左侧，神秘兮兮的样子，悄声说："就是趁他不在家的时候拿，千万不要被他知道。"

"可这不就是偷吗？为什么不直接问他借？"

"哎呀！"陈静安禁不住拍了一把祝年年的肩膀，"你怎么这么耿直呢！问他借，他不一定会借，没准还盘问你为什么借，你这么胆小，万一露馅怎么办？自己拿就没这么多麻烦了。你放心，我们陈家是很开明的人家，家里钱虽然不多，但书多啊，拿几本书，不会有事的。”

“可是——”

“别可是了！难道你不想弄明白咱俩现在是什么情况吗？不管是梦，还是不能解释的科学现象，你不想知道这种情况还要持续多久吗？你难道不担心我们再也换不回去吗？”

祝年年被这套强势的排比疑问句说蒙了。

其实，她已经有一点点怀疑，她和陈静安正在经历的，可能不是梦。

这一个周六的校园生活，在陈静安的想象中，是可以如白驹过隙般迅速结束的。

可惜，并没有。

上午第二节课课间休息时间长，陈静安正听邓莎莎和她讲从书上看来的各种骇人听闻的野史，历史课代表忽然走到她桌前，通知她去年级组办公室走一趟。

三月的天是晴朗的天，窗外蓝天白云，陈静安却感觉到狂风暴雨的迹象。

高二八班的历史老师姓徐，讲话带点江浙口音，看起来个子小好说话，实际上很严厉。

——这是祝年年守则里对徐老师的描写。

陈静安平时生活中顽皮归顽皮，倒还从没因为考试不好或者表现不好被叫到老师办公室，这是第一次。

走进年级组大办公室，陈静安发现祝年年名声响，不仅在学生群体里是这样，在老师队伍中也是这样。她进门之后，一路接收到不少来自各科老师的目光。

“年年来了。”徐老师坐在办公椅上，抬起头扶了扶眼镜，看向陈静安。

“徐老师找我……”

“唰”的一声，徐老师从前方一沓试卷里抽出一张，她没等陈静安说完话，径直把试卷移到了陈静安面前。

评分栏里红笔写的两个数字落进陈静安眼睛里——触目惊心的“21”。

陈静安难得地脸热了，感到无地自容，她发誓，从她四岁半被陈家领养开始，各种考试，从没拿过这么低的分数。

“要跟老师解释一下吗？”徐老师一边批改作业，一边轻声问。

“我没复习好。”

“这个分数不是没复习好，你看你错的这些题，这是成心乱写乱填，还有你这字都跟平时不一样。你要不是祝年年，我都怀疑选择题答案是你扔骰子扔出来的。”徐老师正颜厉色地说。

陈静安开始搜肠刮肚地想应答思路。所以她是真不喜欢文科，尤其讨厌主观题，理科多轻松，一道题就一个答案，哪像文科，特别容易产生误会!

“我不清楚你最近是什么状态，压力太大还是什么，你妈妈现在还是跟我保持一周一次的通话，考卷是下周一发，明天你妈妈打电话问你考试成绩，你觉得老师应该说真话还是假话？”徐老师停止批作业，转过头来看着陈静安问。

“老师，我觉得你还可以选择不说。”经过一番认真思考，陈静安认真地给出第三个选项。

徐老师哑口，好像根本没想到祝年年会给她这样的回答。几秒钟尴尬反应之后，徐老师推了推眼镜，重新低头批作业。

“给我一个不说的理由。”徐老师道。

“我想自己跟爸妈说，实际上我已经先和我爸说了，他建议我主动向我妈坦承错误，检讨学习上的疏漏。”

“我这边你都没坦承，你打算跟你妈妈坦承什么？”徐老师忽然又转过头来上下打量了陈静安一遍，“祝年年，你是不是也到叛逆期了？看你今天有点反常。”

“是是是，对对对。”陈静安忙不迭地说。

徐老师的话给了她“解题思路”，加上早上祝年年说祝爸爸怀疑她早恋这点，陈静安想，她应该可以完美解释历史小考只考 21 分的缘由了。

她，陈静安，不，一向乖巧的祝年年，开始叛逆了。

多么绝妙的理由。

一向乖巧的祝年年本人全然不知道自己被加了这样一条设定。比起陈静安对身份暴露这一风险的不在意，祝年年实在显得过于谨慎了。正在经历的周六，“大三门”“小三门”轮番上课，各种算公式，做习题，她每件事都做得小心翼翼，整个人几乎快要被掏空。

周六下午放学时，因为隔天是周日，休息，陈静安的朋友们约祝年年去打电动。其中有一个叫田野的男生，大约平时和陈静安关系很亲近，非要抓着祝年年的胳膊，把她硬拉去电玩城，“偷书”重任在肩的祝年年费了九牛二虎之力才得以脱身，匆匆往陈家赶去。

在小区门口下了公交车，她一路小跑上楼，进了门，时钟刚指向六点一刻。喘足了气息，本着一不做二不休的心情，她强逼自己疾步走到陈长宁房门前。

和昨晚一样，又是一番在门口迂迂回回的试探。

还是客厅时钟提醒她时间紧迫，她才终于伸手拉门锁，推门而入。时值傍晚，陈长宁房间没关窗，空气对流，一阵风吹过来，扑在祝年年脸上，她莫名觉得害羞，像是和陈长宁做了什么亲密的动作。

他房间布置简单，墙上贴了许多球星海报。昨晚太紧张没来得及观察，今天一看，发现除了球星海报，书架上还有很多动漫周边和小人书。祝年年径直走向他的书架，忽然忘了任务目标是什么，转而浏览起他的藏书来。

陈长宁是理科生，书架上自然有很多跟学科相关的书籍。在右上角一处格子里，祝年年终于看到文学类书籍，除了四大名著，还有福楼拜、大仲马、托尔斯泰等作家的代表作。祝年年注意到边角有一小排是屠格涅夫的作品。

陈长宁喜欢屠格涅夫？还是恰巧多了几本这样的书？

怀揣着这缕好奇心，祝年年伸手从中抽出一本《屠格涅夫中篇小说集》，正打算粗略翻翻，一时不防，翻到了夹书签的地方，右上角页眉显示夹书签的这一篇标题——《初恋》。

祝年年瞬间心慌意乱，手一抖，书签掉了。

“啪”，房间顶灯开关的声音响起。

祝年年来不及捡地上的书签，脸色惨白地朝门口看去。

“好看吗？”陈长宁缓步走过来，语气不轻不重，脸色不温不火。

祝年年不熟悉，紧张得手握成拳，掌心俱是汗水。

陈长宁还没走到身前，祝年年便下意识地后退，直到背抵上书架，退无可退，呼吸在顷刻间变得艰难起来。祝年年成长途中没有任何过界的举动，在家里不小心打碎碗的次数都屈指可数，但此时此刻，她正在做的事情，哪怕她仍然认为是梦境，也无异于偷东西，这一点，实在太让她感到不安了。

陈长宁的眼神却似乎是在观察她。他也是刚放学，左肩上挂着书包。就在祝年年眼前，他面目清淡地蹲下去，从地上拾起书签，继而起身，目光看向祝年年手里的《屠格涅夫中篇小说集》。

祝年年读懂眼色，立刻合上书，双手将之奉还。

看到已然合上的书，陈长宁短暂蹙了蹙眉，接过去后转身走向靠另一侧墙的书桌。祝年年的目光追随着他，对他一切的反应都很好奇：为什么蹙眉？他接下来要做什么？半分钟前因为觉得自己未经允许便进他房间的羞耻感在不知不觉中消失，她也全然忘了自己此时的处境。

只见陈长宁将书包放上桌，头低着，一手拿书签，另一手翻动书页，神情很认真。

“什么时候对屠格涅夫感兴趣了？”他问。

趁陈长宁低头翻书，祝年年悄悄感知了一下身体，发现自己的双腿发麻，一动就酸麻得不得了。她试着转动脚踝，好让酸麻感快点过去。

“回答问题，陈静安。”这时，陈长宁停止翻页，大概已经找到之前看到的位置。他把书签重新夹回书页里，又拿了书走到书架这一侧来。他说“回答问题”的时候语调低了许多，祝年年担心他在生气，脑子里又乱又热，一团糨糊。

“你，你书架里，文学类，屠格涅夫的作品比较多。”察觉到陈长宁要将书插回书架，祝年年背着手，悄悄往旁边移了一些。按他要求回答问题时，她难以控制自己的结巴。

“这倒新鲜。我房间你来过无数次，书架里的书，该看的不该看的你都看了，今天才发现我这里屠格涅夫的作品多吗？”陈长宁站在书架前，一直凝视着她。

祝年年用余光都能感知到他眼神里犀利的审视意味。陈静安说得没错，陈长宁确实很需要提防。

房间窗户开着，天色已晚，轻柔的夜风吹进来，祝年年辛苦给自己做心理建设过后终于清醒了一些。想起陈静安的建议，她选择对陈长宁说实话："我最近，最近想了解俄国作家。"不那么"实"的实话。

"了解俄国作家？你知道俄国在哪里吗？"

"在中国北面。"

陈长宁沉默地盯着她，室内时钟嗒嗒地跳着刻度，祝年年感觉自己的心脏在坐过山车。

"怎么突然想要了解俄国作家？"陈长宁问。

"就，就学习写作技巧。"

"学屠格涅夫吗？"陈长宁话中讽刺意味明显。随后，他移了两步，正面对上祝年年，忽然伸出手来。

祝年年以为他要"动手"，就像陈静安说的那样，瞬时吓得全身紧绷。不料，陈长宁的手最终只是落在她右肩上。

随后，左肩也来了一只。

陈长宁两只手分别按住祝年年两侧的肩膀，微微低下头，真正和祝年年面对面，眼睛对眼睛，鼻子对鼻子，视线齐平。

祝年年条件反射地要往后退，可没有退路。

长这么大第一次和男生，还是喜欢的男生这么近距离接触，祝年年惊呆了，大脑在当下死机，所有的念头和想法被人为地按了暂停键。

陈长宁清亮的眼睛左右转动，打量她。

祝年年努力睁圆眼睛，屏住呼吸。

陈长宁双手一齐按了按她的肩，力道不大，但很沉。

“我认输，陈静安。”他声音轻缓，“我不知道你这两天怎么了，我也没时间查，你能不能主动坦白？我答应你，只要你坦白，一切好说。你自己好好想想，从小到大，我有没有真的罚过你。”

祝年年眼睛发酸，忍不住眨了眨。她感觉自己脖子以下，除了心脏还在飞驰外，其余全部失灵了，她还是不敢大口呼吸。

“来，说吧。”陈长宁徐徐引导。

“我没怎么，就是突然，就是感觉自己作文水平需要提高，所以，所以翻屠格涅夫的作品了。”这个回答很糟糕，祝年年自己也知道，可丧失了思考能力的她确实想不出更好的答案。

“不是，不止，”陈长宁小幅度摇头，“不止这一件事，你知道我的意思，你也知道我想听什么答案。”

“我，我……”我不能说。

陈长宁一动不动地盯着祝年年，她也因此全程观看了他的表情。祝年年不知道怎么解读他最后的眼神，明明一开始他是有些期待的，然后像某种光芒，渐渐灭了。不知道为什么，那样一道光明灭的过程，蜿蜒落进祝年年的心里，明明是轻如鸿毛的东西，却重重打在她心底最柔软的腹地。她努力又认真地回忆，从小到大那么多绚丽多彩的梦境，有哪一个梦能像此时此刻这样真实，这样细致，这样完整，又这样扣人心弦？

这到底是不是一个梦？如果是，为什么陈长宁的行动线完全不在她的意料之内？如果不是，那么她在经历的究竟是什么？

祝年年晃神的间隙，陈长宁忽然放开她，隐约还叹了口气，然后往旁边走，一边走还一边脱衣服。

祝年年觉得自己应该礼貌回避，却没舍得，目光便跟着看他脱完外套。他将外套扔在椅背上，里面穿着黑色 T 恤，胸前是一个简单的红色 Logo（标识）。随后，他一边抬手看腕上黑色电子手表，一边往外走，在房间门口，他转过头来。

“走了，去买饭。”他手按在墙壁的房间顶灯开关上。

“哦。”祝年年动了动，腿麻的状况竟在不知不觉中没了。

“啪。”

陈长宁关了灯，整个房子一起陷进夜色中。祝年年步伐缓慢地跟在陈长宁身后，直到大门口，他蓦地停下。

祝年年也停下，不明所以。

陈长宁转过身，两人相距一到两步的距离，室外有散乱的光线照进，照出他脸上的神情——他在发愁。

“算了，你别去了。”他看着她的肩膀说，“在家待着吧。”

祝年年顺着他的视线往自己肩膀上一看，瞬间明白了他的意思：她太紧张了，竟然一直背着书包没解下。

回到陈静安的房间，祝年年按陈静安说的，在床角倒数第二个鞋盒里找出一部很旧的诺基亚手机，开机，一看还有电，立刻着急忙慌地给陈静安拨去电话。

手机那端传来彩铃声，歌曲是《花海》。祝年年的手机是高一暑假爸爸送的礼物，除了不让带去学校，爸妈并不限制祝年年使用手机。

几句歌词过后，电话接通，是陈静安。祝年年用自己所能达到的最快语速给她叙述了“偷书任务”失败的过程。

“看来他是盯上你了。”陈静安听完后给出结论，“你跟我太不像了，他会怀疑也不奇怪，不要怪我没提醒你，你跟他不熟，很容易被他外表蒙骗。听我一句劝，他这个人，性格是野狼和野狐狸杂交的那种。”

“野狼和野狐狸……杂交？”祝年年没懂这个比喻。

“反正就是最阴险狡诈最难对付的那种。还有，你下回别翻屠格涅夫的书了，以后我们做回自己，我怕我圆不回去。”

“哦，好。”

“算了，也别下回了，明天咱们不上课，我亲自出马吧。”

“亲自出马？”

“陈长宁他们周日还有两门考试，节奏跟高考一样的，就算他不打球，考完至少五六点了，我们有一整个白天的时间，我直接去家里。”

“那你爸妈呢？他们周日是不是不上课？”

“是，不过家里小，没书房，他们一般会去图书馆查资料，他们老师也有考试的。”

“这些你好像都没有写进守则。”祝年年道。

“又没有？”陈静安打哈哈，“哎，我这不是没想到咱们能换这么久吗？我以为一般最多换个 24 小时或者 48 小时的。”

祝年年听得心一提：“为什么只有一天到两天？”

“一个推测啊，地球自转时间咯。相信我，自然界是讲科学规律的，咱们身上发生这样大的怪事，就算有什么特殊原因，也绝不会特殊到科学不能解释的，我是唯物主义者！”

“我还是愿意相信这是个梦。”

“你要这么想也行，但是梦也有时间限制的吧，总不能无限做梦做下去咯，那不等于死了吗？等等，你是不是唯心主义者？我跟你说，你如果是唯心主义者，我可就要跟你保持距离了！我们如果存在巨大的世界观鸿沟的话，是没办法沟通的！”

祝年年再度被陈静安的说法逗笑：“我是，没有主义。”

“很棒，那我们还是朋友。”陈静安语气轻松道，“先就这么定了，陈长宁估计买饭要回来了，我房间可不像你房间隔音这么好，你等我短信，咱们明天家里见。”

“我们，是朋友吗？”祝年年突然问。

“当然！咱们不都互相看过对方的身体吗？这还不能算朋友怎么才算？！”

祝年年咳了咳。

“好，我挂了！咱们明天的行动，只许成功，不许失败！”话音一落，陈静安就挂了电话。

祝年年走神地看着手机，有一个词语在她眼前萦绕不开：朋友。

她有一个新想法，想和陈长宁成为朋友，以祝年年的身份，像和陈静安那样自然地相处。这样，有一天她们的身份换回去，只要他和她的友谊还在，他们就不是毫不相干的两个人。

也许，他也有可能喜欢自己……

祝年年不敢再往下想了，心脏负荷不了。

第七章

/ 偷书·贰 /

H U A H A I

周日一大早，陈静安在慢慢习惯下来的香薰气味中醒来。

门外有食物香气，祝妈妈不仅会煲汤，而且煎炸炒煮，样样精通。这一天早上，祝家的早餐是煎得外焦里嫩的锅贴配煮得极其软糯的小米南瓜粥。

陈静安不相信什么神的存在，但她相信人间有“天堂”。

祝家就是。

虽说这么想有点没良心，但在祝家这两天，陈静安真的从身体到心灵都极其舒适，好比祝年年床上的被子，暖和还柔软。每晚在这样的被子里入睡，她基本都是一觉睡到大天亮，要不是潜意识里担心醒来可能要换回去，她估计自己根本连梦都不会做。

可惜，晚上还是很多梦。从科学角度来分析，梦多意味着大脑没有休息，还在持续思考。陈静安心里知道，她已经有点乐不思蜀了。

“年年，今天陪妈妈去逛街吧？”饭间，祝妈妈突然问。

“逛街？”陈静安一惊。逛街可不行，她今天和祝年年约了活动。

“你长高了，去年的裙子应该穿不了了，要买几件新的。”

“裙，裙子吗？”陈静安结巴了一下，“但是，我每天都穿校服啊。”而且祝年年衣柜里的裙子够多了。

“周末穿，放假穿，做客穿呀。”梁慧茹一双柔情似水的眼睛分秒不离女儿的脸，忽然伸过手来给她理头发，“明明每天都见面，你突然变成这么大一个姑娘，妈妈还是有些不习惯。你爸爸说得对，我们都要倒数着和你一起的日子了。”

祝妈妈眼里的伤感很浓郁，看得陈静安情不自禁地感到心疼。被爱的感觉席卷，陈静安不由得打了个冷战。她想起前不久那次寻亲之旅，差点以为自己此生无法再享有来自亲生父母的疼爱，也是完全没想到，会在祝家，以祝年年的身份感受到这些。虽然亲情是偷来的，她也知道祝妈妈疼爱的是祝年年，可那种眼神，那份毫无保留的爱意，陈静安感知到了，她觉得自己可以受用一生。哪怕真的很不走运，下一秒就换回陈家，她也可以靠记忆反复品尝，反正她记性好。

“好，逛街，今天陪妈妈逛街。”陈静安高兴地说。

陈家的教育方式和祝家截然不同，简直是两个极端。总之，在陈静安的记忆里，陈爸爸或陈妈妈从来没有带她逛过商场。

陈静安知道，陈家爸妈是有意而为。他们怕陈静安觉得自己被亏待，所以总是秉持着一碗水端平的原则对待她和陈长宁；私底下，却每每亏待陈长宁，让陈长宁处处谦让她。幸而在很多大事小事上，诸如买衣服买课余用品或科幻小说之类的这种花费，陈爸爸陈妈妈都会更支持陈静安，对此，陈长宁也从来没什么怨言。

陈静安都知道，所以很感恩，也从不忍心提要求。她还总是扬言自己不喜欢逛街，只有天知道，看到别的女同学能和妈妈一起逛街她有多羡慕。

终于，在这一个寻常的春日上午，她被祝妈妈带着，第一次享受到女孩子逛商场的乐趣。

梁慧茹给陈静安买了三条连衣裙，还是陈静安再三推拒后，梁慧茹硬要买的。没办法，祝年年脸蛋形象气质俱佳，穿什么都好看，以至于陈静安在各个专柜间穿梭，试衣服试得不亦乐乎。

祝年年这个人，从上到下，从里到外，都是天之骄子啊！

收获足够的“战利品”后，母女俩乘商场扶梯下楼，电梯下行的时候，陈静安的目光被二楼内衣区吸引。

“啊，对了，”梁慧茹道，“年年也需要添几件新内衣吧？”

“好啊好啊。”陈静安想也没想地说。其实祝年年的内衣抽屉里有二十四个 Bra（文胸），完全够穿，按理是不用新添的，毕竟陈静安本人总共才六个。她要去内衣区，其实是另有目的。

品牌内衣店的年轻女导购热情地上来给陈静安推销：“小姑娘

还在发育期，穿学生款文胸比较合适，阿姨给你推荐？”

陈静安摇头，径直走向另一侧。

女导购跟过来：“这是带钢圈的款式，成人款，针对发育状况比较好的女孩子，可以很好地托住胸部，起到聚拢的效果，只是……”她停顿下来，低头看向陈静安胸前，“你目前应该还不需要。”

“现在不需要，马上也会需要，我一直在长，先买了备着不行吗？”陈静安不服气地说。

女导购笑开来：“对对对，可以先备着。”

在女导购费力推销的时候，陈静安已经看中一款黑色的、胸前绣有金线的 Bra。挑完尺码，她把黑金 Bra 递到女导购手里。

“要试这款吗？”女导购问。

陈静安点头。

这时，一旁等待的梁慧茹走过来：“我来吧，我给我女儿试。”说话间，她就要从女导购手里接走 Bra，却被陈静安出手拦住。

“让她试吧，她比较专业呢。”陈静安对梁慧茹说道。

她来内衣区的目的就是为了学会穿 Bra，不然每天强行把它们压得平平的，总觉得很不健康。

怎么能让祝妈妈帮她？！那不是身份要穿帮了吗？！

“是啊，阿姨，我来吧。”女导购言笑晏晏，一手拿 Bra，另一手拍拍陈静安的肩，示意她跟自己进试衣间。

陈静安兴奋地跟了过去。

狭小逼仄，还装着一面镜子的试衣间里，女导购一边帮陈静安穿内衣，一边耐心地解释："你要稍微弯下腰，这样子，胸部就会处于自然往下的状态，再用文胸兜住，往上。后面的扣子我先帮你扣，回家你如果自己穿，可以先在胸前扣好，再挪到后面。喏，这就穿好了。"

陈静安看着镜子里的自己，心中默默背诵女导购刚教的步骤，脑中开始计划，要怎么把这个 Bra 运回陈家。

女导购也笑着看镜子："这个罩杯对你来说还是太大了，虽然你还在长身体，提前备也没什么不好，不过……"

"对了，副乳是什么东西啊？"陈静安打断她。

"副乳？"女导购神色意外，"你没有副乳啊。"

"我知道，那我以后万一有呢？"

女导购又笑了，随后，她伸手落到陈静安右侧胳膊窝和胸连着的地方，说道："一般来说，副乳是胸部比较大，发育比较好的人才会有的，主要在这里，两侧，多出来的部分。"

啊！那我有！陈静安在心中惊呼。

"有副乳要怎么办？怎么穿 Bra？"

"就用我刚才教你的方式，先弯腰，像这样，"女导购亲自倾身，用自己的身体为陈静安一下一下演示动作，"把副乳慢慢拨进文胸里，有副乳的人确实应该穿有钢圈的内衣。"

"行，我要买这只。"

"可是你——"

“有备无患！”

结完账从商场出来，陈静安发现祝妈妈有点不太对劲。

她好像，不太开心。

陈静安提议要吃比萨，梁慧茹没有意见，两人去必胜客点了餐坐下。周日，餐厅人多，吵闹，都是家庭顾客，好多学龄前儿童在点餐区跑来跑去，几度撞到梁慧茹，她都只是面无表情地将孩子们按住，然后放开。

点完比萨，陈静安小心地问：“妈妈，你是不是累了？”

梁慧茹摇头，随后，她不像往常那样目光时刻锁定祝年年，而是漫无目的地环顾，看店里其他的客人，尤其是小朋友。梁慧茹此时心中怅惘的是，女儿再也不是眼前这样的小朋友了，而是已经有了小秘密，不再愿意事事和做母亲的分享，而她，显然还没有做好“放手”的准备。想到这里，梁慧茹不禁叹了口气，神情很是失落。

梁慧茹一叹气，陈静安苦恼了。她现在确定祝妈妈心情不好，可她并不知道为什么。

饭间，陈静安说起下午要去一位同学家学习的事，梁慧茹终于换了个表情，问：“哪位同学？”

“理科班的一个女生。”陈静安如实道。

“你怎么会跟理科班女生来往？”

“她人特别聪明，数学很好，我想请教她，”不着痕迹地夸完自己，陈静安心思活泛起来，“以后也可以请她来我们家做作业吗？”

这样，就算换回陈家，以后也能常来祝家；就算不是公主，也是公主的朋友！至少可以约祝年年一起逛街。

梁慧茹看着陈静安，想从女儿的脸上辨别她话的真假。片刻后，梁慧茹叹了口气，说：“年年最近好像突然，真的长大了，有自己的主意，妈妈会尽量少管，你要去同学家就去吧。不过要等爸爸回来送你去，晚上也让他去接你回来，安全第一。”

“好！”得到准允的陈静安很快放了心。她没有祝年年的细腻入微，加上神思全被即将到来的“偷书行动”占领，自然没有察觉到梁慧茹脸上挥之不去的忧郁。

关于祝爸爸的部分，祝年年的行动守则里写得很全面。祝爸爸现在自己做生意，周末也上班，只是下班时间比平时早，回到家，一般不会超过下午四点。

只是没想到，这个“一般不会”会在今天失效。

祝爸爸回家时已经五点一刻，两个小时之前，陈静安给祝年年发了短信，说自己四点半之前会到陈家。

已经迟到了。

但不能不去。“偷书”这种事，以祝年年的性格，在陈长宁的威逼利诱下，根本不可能得手，而陈静安想要弄清楚自己和祝年年身上发生了什么，最快的办法就是访问陈长宁的书架。如果他的书架藏书不能解答，那么下一步，她就得去新华书店或者市图书馆翻大部头了。其实陈静安原本的计划确实是直接去市图书馆的，只是因为想到陈长宁的书架上有几本她之前买的与时间旅行相关的科普类杂志，这才临时决定去“偷书”。

陈静安不认为发生在她和祝年年身上的事情是梦境或者怪力乱神的东西，她坚信这是自然现象。而以她的知识水平，通过这两天来的思考得出的结论是，她和祝年年也许正在经历平行时空，即她们和另一个时空的祝年年及陈静安产生交集，于是时空错乱，她们变成了对方。

当然，这只是她的猜想，还需要去找科学理论来验证。为着弄清楚这神奇事件背后的原理，陈静安的大脑始终处在兴奋状态。她毫不客气地想着，一旦她能发现这其中的奥秘，那她肯定能拿诺贝尔奖，成为和牛顿、爱因斯坦齐名的物理学家了。

陈家这边，祝年年确实等了陈静安一下午。

两人一碰头，话没多说，直奔陈长宁的房间。陈静安轻车熟路地在书架里翻出几本书，一齐抱了放在书桌上，然后拿了一本《时间穿越的可能性》往陈长宁的椅子上散漫一靠，一点都不把自己当外人。

祝年年在一旁看得有些呆。

“我，我，我能帮上忙吗？”祝年年问。

陈静安抬头，似是才想起祝年年的存在，连忙起身，整个人端着书飞快地从椅子上转移到床上——陈长宁的床上。她躺在他的被子上，唰唰地翻着书页，说道：“你到桌上找，重点找与时空穿越相关的，不要站着，坐！咱们估计要打持久战。”

“哦。”陈静安的姿态太随意，祝年年觉得自己也着实没必要讲究，便也像陈静安那样，坐在了陈长宁的椅子上。因为突然和他常用的物品零距离接触，祝年年的脸上不可避免地生出热度，她尽量不去在意，翻起桌上的书籍来。

“这些书都是我让陈长宁买的，他根本不看，所以我们翻没关系的。买来的时候我大概都看过一遍，就一遍，所以记不大清，时间旅行方面，只记得一个‘时间箭头’的概念。”

“‘时间箭头’是什么？”

“物理学上的概念，很复杂，你不用管。你翻书，快速翻，看到有跟穿越相关的，咱们立刻现场讨论。”

“好。”

知识的海洋广袤而深邃，沉浸其中，容易让人失去对时间的判断。窗外夕阳落下，晚风吹拂，两人都浑然未觉，直到房间外响起开门关门声，陈静安才率先一个鲤鱼打挺从床上翻坐起来。

“陈长宁回来了！”她一脸警觉地说。

祝年年也瞬间从椅子上弹起来，瑟瑟发抖。

陈静安随手把书往床上一扔，疾步走到窗前。陈家在三楼，陈长宁的房间连着生活阳台，她以前爬过，危险系数不高，她打算再爬一次。

“你要干什么？”身后祝年年担忧的声音传来。

陈静安回头看她，熟悉得过分的、陈静安的脸。

对了，她现在可是祝年年啊！高二年级级花呢！和他陈长宁八竿子打不着，怕他干什么？这么一想，她忽然放心，借着晚风拂了拂被吹起的长发，心道，我今天要迷死你，陈长宁！

第八章

/ 陈家的韭菜合子 /

H U A H A I

“谁在家，安安还是长宁？”

门外传进来一个女声，听得窗前的陈静安一阵眼酸。这个世界上只有她爸妈会喊陈静安“安安”，这两天在祝家已经习惯当“年年”，她没想到自己竟然这么想念自己的昵称。

“是我。”一旁的祝年年大松了一口气。

“啊，是安安。哥哥还没回来吗？”陈家不大，陈长宁房间的门又开着，陈妈妈在外面不用大声喊，就能把话传到房间。

“对，他还没回来。”祝年年答道，一转眼见窗前的陈静安正指着自己给她使眼色，用口型提醒她要说什么。祝年年成为陈静安以来第一次要跟陈爸爸陈妈妈碰面，有紧张，但更多的是好奇。她想见到陈爸爸陈妈妈，因为陈长宁；但也担心自己会在陈爸爸陈妈妈面前露馅，不禁提醒自己还要更小心。

“对了妈妈，我带了一个同学回来。”祝年年照着陈静安的口型说话。

“什么同学，在我们家吗？”这回问话的是陈爸爸，声音很近，下一秒，他人已经出现在房门口，注意力一下子就从祝年年身上转到陈静安身上，“啊，是女同学啊。”陈爸爸笑着扶了扶眼镜说。

以祝年年的身份接收到陈爸爸的目光，陈静安乖巧地朝陈爸爸挥挥手：“叔叔好，我是祝年年。”

在陈静安身旁的祝年年显得更镇定自若。见到陈爸爸并没有想象中的局促，大抵是由于陈爸爸的面相气质都很温和，令祝年年不自觉地感到亲近。想着是这样一位父亲养出陈长宁和陈静安这样一对兄妹，她觉得分外合理。

“你好你好。欢迎你来我们家。”陈爸爸说话时手里还握着一把韭菜，“晚上我们打算做韭菜合子，安安很喜欢吃的，祝同学要不要留下来一起吃？”

“爸爸，我同学她可能要……”

“不要客气了！”陈静安打断祝年年的话，眯着眼笑出甜美味道，“谢谢叔叔阿姨了。”

“行行行，那你们继续玩，我和她妈妈去忙。”

“叔叔阿姨辛苦了。”

确认陈爸爸去了厨房，陈静安立刻三步并作两步走到门口，悄声关上门，扭头对一脸茫然的祝年年说：“韭菜合子！你知道我爸妈做的韭菜合子多好吃吗？你知道他们一年总共才做几次韭菜合子吗？你知道他们做的韭菜合子我一次能吃多少个吗？”

“可是，你出来这么久，我爸妈会担心。”祝年年担忧道，“我很少在同学家吃晚饭。”

“那有什么关系，现在是手机通信的年代，请使用你尊贵的索尼，给祝家二老发去短信吧。”陈静安一边说着，一边打开随身携带的背包找手机。

手机很快找到，与此同时，还有另一件东西出现在陈静安的视线里。

一件黑色绣金线的 Bra。

陈静安做了短暂考虑，先给了祝年年手机，等她发完短信，收完祝爸爸的回信，正准备拿出黑 Bra 时，就听见祝年年大叹了一口气。

“怎么了？你爸不让？”陈静安手放在背包里，没动。

“没有，他答应了。”

“那你为什么还叹气？”

祝年年转过头来看陈静安，脸上神情很疑惑：“我觉得很奇怪，你看我爸给我回的信息。”她把手机递给陈静安。

陈静安左手接过手机，上面显示祝爸爸的回信：可以，要回家前给我打电话就行。不用担心妈妈，我会给她做思想工作。

由于祝爸爸回信里提到祝妈妈，陈静安不禁好奇祝年年发的内容是什么，顺手点开发件箱查看，只见祝年年写道：爸爸，我在陈同学家里看书，她的爸爸妈妈好意留我吃饭，不好意思拒绝，我可以留下吗？如果妈妈已经煲了汤，我留点肚子，晚上回去喝。

读完这一则信息，陈静安有些意外地看向祝年年。她感到意外的原因很简单，就陈静安本人，哪怕给她两三个小时坐在书桌前给祝爸爸写短信，即使她绞尽脑汁用尽毕生文采，也决然写不出祝年年这条短信里的内容。思及此，陈静安脑子里突然闪过白天祝妈妈不高兴的样子，她猜不透祝妈妈不高兴的原因，但祝年年一定猜得到，而且不只猜得到，肯定还能安抚好长辈的情绪。是她陈静安输了，她不够贴心不够懂事——

不行，不能输，明明她也很贴心！

怀着这样一股信念，陈静安终于将背包里的黑 Bra 拿出来，送到祝年年眼前。

原本沉浸在担忧情绪里的祝年年当然被眼前所见震住了。

“这什么啊？”

“b，r，a，Bra 啊。”

“哪里来的？”

“买的，按你，啊不，按我，按陈静安的罩杯买的，你要不要试穿一下？”陈静安一脸期待地说。

这个配色穿上身，一定性感又撩人！

却见祝年年一脸羞涩地用双手遮住胸前：“家里还有文胸啊，为什么要买新的？而且，学校没有女生穿这种款式吧？”

陈静安满脸不认同：“我穿不就行了？还管什么学校女生穿不穿。快，你先试试，看看大小合不合适，这款收副乳很有效。如果合适，我就留下。不过钱是你妈妈付的，反正价格我已经记下了，等我们换回去，我再把钱还给你。来来来，先来试试尺码。”

祝年年涨红了脸：“在这里试吗？”

“不然去你房间试？我教你穿。”陈静安越说越起劲，想尽快看到效果。见祝年年还坐在椅子上犹豫，忍不住一手把她提溜起来，拉着要往门口走。

遗憾的是，两人还没走到门口，门先被人从外面推开了。

推门的人还能是谁？

自然是陈长宁。

意料之外情理之中的人出现，房间里的两个女生各有反应。

动作更快的是陈静安，她是惯手，幻影移形一般，就把黑 Bra 藏到身后。前面与陈长宁对视的表情坦坦荡荡，宛如巾帼英雄；后面双手还在努力折叠 Bra，试图把它叠到无法辨认是什么东西的程度。

然而即便她这样一通迅速的操作，凭她对陈长宁的了解，还是从他试图仓促掩饰的眼神中读出了一丝隐藏意味——他看到了她的性感黑金 Bra。

你好变态啊，陈长宁。陈静安在心里翻了个白眼。

陈静安坦荡荡，旁边祝年年便只能用傻愣愣来形容了。

当然，祝年年傻愣愣并不指代她的智能水平，仅仅是她在手足无措的心慌意乱之后，选择了傻愣愣这样一个反应，以不变应万变。

时间从陈长宁出现到两个女孩反应结束，不到一分钟。

三人相对静止了几秒钟，陈静安伸手撩头发，眯起眼睛笑起来，低下头，故作害羞地问旁边的祝年年：“静安，这位是？”

看着陈静安的表情，再听她的提问，祝年年傻眼，被她的“精彩表演”震慑住。

“是你哥哥吗？”陈静安又问。

“是，他是，陈长宁。”祝年年看向陈长宁本人。

陈长宁穿着一件白T恤，书包和校服照常挂在一侧肩膀。祝年年介绍他的时候，他只对陈静安简单点了点头，目光极速掠过，算作打招呼，然后视线转回到祝年年身上，表情瞬间变得很不高兴。

“陈静安，”他的语气也充分显露着不高兴，“下次能带你同学去你房间吗？”这句话说得很温和，但他的每个“你”字都发了重音。

陈静安知道他这语气背后的含义，不由在心中暗骂他小气，面上却扮出无辜受伤的表情，放软语气道：“真对不起，长宁哥哥，是我让年……安，安安带我进来的，你房间里，好多书哦。”

陈静安语气里的矫揉造作实在让祝年年觉得好笑，再看陈长宁满脸写着“赶紧离开我的房间”，祝年年心下一惊，瞬时想起来，现在的陈静安是她，不能在陈长宁这里丢印象分。

祝年年悄悄伸手拉陈静安。

陈静安这时也意识到黑金Bra需要被安全护送出去，不然等陈长宁走到书桌这边来，会立刻发现她的宝物。这么想着，陈静安没有多耽误时间，再度递了眯眯眼的假笑给陈长宁，小声地给自己找了个台阶："哎呀，包包忘了拿。"

话音一落，陈静安整个人利落转身，以迅雷不及掩耳之势将Bra重新装回了背包，背好，出门。

与陈长宁擦肩而过的时候，她特意甩了甩长发，成功让头发末端擦过陈长宁露出的手臂，她知道他察觉到了。

周遭气场告诉她，他一定很生气。

气死你，陈静安高兴地想。

回到陈静安的房间，顾忌着房间不隔音，祝年年难得心急地压低声音说："你可以不要那样说话吗？"

"哪样？"

"就刚刚你对陈长……我是说你哥哥，那样，我听着，很别扭。"

"你放心，他之前跟你不认识，你觉得我别扭，他不会觉得的。"

祝年年还是坚持："可是他已经开始怀疑我，现在我们俩一起出现，我怕会穿帮。"

"能穿什么帮？他猜到我们变成彼此了吗？不可能，"陈静安坐到自己书桌前，低头从里面掏出Bra，"他是极端唯物主义者，相信科学可以解释一切现象。这种需要想象力的现象，超出他的认知水平，他不会想到的。"

"是吗？"

“当然是，我和他做了十几年兄妹，最了解他了。你放心，我不会做穿帮的事情，顶多整整他，我是看他不顺眼很久了。”

“你看他，不顺眼吗？”祝年年好奇地问。

“对啊，他太喜欢管我了，什么事都要管，很烦。我爸妈都不管我！而且，他总爱软控制我，虽然不明着说要我好好学习，但他更阴险，用自己学习好来给我压力。没事还总瞧不起我，经常使用激将法，就为了要我好好学习。”说话间，陈静安已经拎着 Bra，停下讨论陈长宁的话头，笑得像只大灰狼，“安安，来，试试吧。”

祝年年抱紧自己，疯狂摇头：“我不要。”

“吃饭了，安安。”门外陈爸爸的喊声暂时拯救了祝年年。

“来啦！”陈静安率先回应道。

这一回应，房间里两个人都呆住了。

陈静安伸手捂嘴：“天哪，刚刚说话的是我吗？”

祝年年无奈地点头。

“对不起，对不起。”陈静安立马迭声道歉，“条件反射，我没控制住。”

祝年年对她接下来的表现很担忧。

陈家开饭时，屋外已是万家灯火。

小小的三居室里，充斥着浓郁的韭菜、面粉和沸油交融结合的味道，光闻着，陈静安都有一种人要起飞的感觉。

祝年年也很喜欢这香气，她第一次吃韭菜合子。厨房里忙碌着的人除了陈爸爸，还有陈妈妈，相较于陈爸爸的纤瘦，陈妈妈看起来略微丰满一些。和自己妈妈在厨房里游刃有余的状态不同，陈妈妈有些手忙脚乱，回忆起刚刚陈静安说陈妈妈做韭菜合子的次数并不多，祝年年霎时了然陈妈妈动作慌乱的缘由。

两家父母，有两家父母各自的特征，祝年年在旁看着，心中满是宁静，她终于开始认真地思考，关于陈静安提的，她们之间正发生的事情不是梦，而是某种不为人所知的时空错乱。或者是因为下午翻阅过科普类杂志，或者是这一切进行中的事件都太真实可感，总之，她几乎快要相信陈静安了。

她可能真的不是在做梦。

和祝家长方形的餐桌不同，陈家的餐桌是正方形的。陈静安和祝年年走到桌前，见上面已摆着一盆炸得金黄焦脆的韭菜合子，旁边配了一碗蘸料和一笼白花花的馒头。

“坐，先坐。”陈廷玉在厨房扬声招呼着，“安安，快带你同学先坐，爸爸给你们盛粥。”

等陈廷玉交代完，结果是陈静安飞快拉着祝年年认领了两个座位。

不多时，陈长宁也从房间出来，目光在桌前扫视了一番。他没有立刻坐下，而是转身去客厅搬了把椅子——餐桌前只有四把椅子。陈长宁将搬来的椅子放在祝年年旁边，然后坐下。

第一次参加陈家的家庭聚餐，陈长宁的举动对祝年年来说有些突然，使她不可避免地感到紧张。

很快，陈廷玉连续端了五碗粥出来。厨房抽油烟机的声音暂停，陈妈妈张筱也随后走出来，她满目慈爱地环视餐桌前的几个孩子，双手在围裙上擦净了水，继而脱下围裙，挂在了墙上。

“妈妈辛苦了。”祝年年由衷地说。

这一声感谢引来两侧人的目光——

陈静安是懊恼，怎么自己没先说!

另一侧的陈长宁是打量，似是没想到祝年年会说这句话。

“哎哟，安安今天很懂事啊，平时都是囫囵忙着吃的，今天还会体谅妈妈的辛苦，长大了。”上座的陈廷玉笑着表扬“女儿”。

祝年年害羞低头。

“是不是因为今天有同学在?”张筱这时也走到桌前坐下，眼神慈爱地看向陈静安，“能和身边同学互相学习，取长补短，一起进步，是好事。安安以后要多跟这位祝同学来往啊。”

“文科和理科有什么长短可补的。”陈长宁说。

“文科生也……”陈静安习惯性地和他辩论，话没说完先接收到祝年年的眼神暗示，她连忙改口，“文科生要学数学，数学是理科，特别难。静安数学很好，我很羡慕，想向她学习。”她再度不着痕迹地进行了一次自夸。

祝年年咳了咳。

这一咳，陈长宁立刻看过来，轻哼一声后，他端起粥碗，顺便夹了一只韭菜合子，闲闲道：“骄兵必败。”

由于不能抬杠，陈静安偷偷瞪了他一眼，也从篮子里夹了一只韭菜合子。

祝年年其实对韭菜合子怎么吃有点陌生，好在陈静安动作快，韭菜合子刚出现在她的筷子上，下一秒就进了她的嘴里。

陈家人毕竟是一家人，一眨眼的工夫，他们都低下头喝粥吃饼，屋里霎时间只有吃东西的声音。

祝年年学陈静安的样子埋头吃韭菜合子。

“今天韭菜合子没炸好吗，安安？”注意到女儿今天吃得很慢，食欲有些异常，担心是自己的厨艺失常，张筱禁不住问道。

“没，很好吃！”陈静安想也不想地抢答道。

这一声抢答，让桌上的氛围瞬间有些奇怪。

始终低头与新鲜食物作战的祝年年登时抬起头来，难掩惊恐地说：“年年说没有，应该就是没有了。”她试图抢救现场。

张筱还是感觉纳闷，不过并没有深想，顺着女儿的回答，她又问道：“你哥都吃两个了，你怎么一个还没吃完？”

祝年年不知如何作答，怕自己的慌张被陈长宁察觉到，她根本连斜眼都不敢看他。

一旁的陈静安听得有点尴尬，她已经吃了两个半，碗里还有半个，张筱这一问，弄得她不好意思再吃了。

今夜，她不是陈静安，而是小仙女祝年年，怎么能连吃这么多韭菜合子？思及此，陈静安强行让自己放下筷子，一方面确实是时候停下了，另一方面也是为了解救祝年年。

果然，张筱一看陈静安停筷子，目光立刻转移到她身上。

“祝同学不吃了？”

陈静安眯眼露出标准笑容：“一开始安安跟我说阿姨做的韭菜合子很好吃，我还不信，结果一不小心竟然吃了这么多。安安吃得慢，是为了让给我吃吧？”她把话递给祝年年。

祝年年眨眨眼，心下佩服陈静安的随机应变能力，嘴上支吾着回答说：“啊，是。”

“好稀奇，还有人能从陈静安这里虎口夺食。”旁边的陈长宁讥讽道。

“你——长宁哥哥怎么这样说安安啊？”陈静安笑眯眯地说。

“哈哈哈，我们家这两兄妹，天生的冤家对头，就喜欢拌嘴，他们闹着玩呢，祝同学见笑了。”话毕，陈廷玉又转头看儿子陈长宁，“安安今天有同学来，妈妈自然做够了分量，你老说安安，也亏得她今天没跟你对着来，你就不要再招她了。”

“好的，爸。”陈长宁毫不走心地说。

按往常在陈家的正常相处，陈长宁这种种表现已经足够惹怒陈静安，只是此时身份是祝年年，陈静安连续忍他几次，到这时见他还是那副欠揍的表情，禁不住怒从心头起，恶向胆边生，抬起腿找准陈长宁的方向，凌空就是狠狠一脚。

陈长宁发出一声吃痛的惊叫。

在陈廷玉张筱夫妇对他为何发出惊叫的疑惑目光下，他不疑有他地看向身边的祝年年。

祝年年双目茫然地迎接他的注视，奇怪的是，她发现陈长宁看她的眼神里有一丝愉悦滑过。

“偷袭我？”他咬牙切齿地说。

“啊，对不起对不起，长宁哥哥，我不是故意的。”陈静安主动坦白，“我不小心伸了个腿，真的很抱歉。我家里总是我和我妈妈两个人吃饭，桌子又是长桌，平时动作不太注意，竟然踢到你了，实在是太失礼了。”

桌上总共五个人，有四个人一齐欣赏完陈静安的这段表演。

陈静安想着，踢陈长宁的如果是她本人，他肯定会找机会报复，就算不是今天，也逃不出明天。但如果“肇事者”是祝年年，他只能吃下这个闷亏了。虽然这么做实在很不大方，但谁叫她和陈长宁积怨已深，不趁此机会多讨回点便宜，以后可就只能任他鱼肉了。

后来，陈长宁先行结束晚餐回了房间。

陈廷玉夫妇洗碗收拾的时候，陈静安给祝爸爸打了电话让他来接，然后躺在房间的床上，因成功让陈长宁吃瘪而笑得打滚。

“所以，这才是你们兄妹的正常相处模式吗？”祝年年反身趴在椅背上，若有所思地问。

“什么兄妹？陈长宁大概以为自己是我爸爸。”

“是吗？”祝年年心中怅惘，像被棉花团住，却说不上来是为什么。

“当然是。啊，对了，”陈静安翻身从床上起来，“我得问陈长宁借本书回去研究。”

“晚上那样对他，他是不是不会借？”

“我们去问当然不会，”陈静安冲祝年年使了个贼贼的眼色，“找我爸妈去！”她欢快地跳起来，欢快地出门了。

祝年年看着她离开的背影，总觉得有什么关键信息被自己遗漏了，可到底是什么呢？她一时想不出来。

被陈爸爸陈妈妈要求借书给祝年年同学的陈长宁，脸色很难看。

他坐在书桌前看着门口的两个人，主要是看着祝年年，低声说道：“一本。”

“一本。”

“好，就一本。”祝年年扯住陈静安，也抢了她的话。

“哪本？”

祝年年看向陈静安，示意她来答。陈静安一眼扫过书架上各种书，挑了一本《时间旅行的可能性》。

“那本不行。”陈长宁跷着二郎腿，右手支在书桌上，拄着脑袋，不留余地地说。

“为什么？”祝年年和陈静安两人异口同声地问。

“那本物理知识太多，文科生看不懂，借了也是白借。”

“你怎么知道我看不懂？”陈静安反问道。

“好，你说要看《时间旅行的可能性》，那我问你一个很简单的概念：想要穿越时间，有哪一个基本条件必须满足？”

“速度，超越宇宙极限速度的速度。”陈静安冷静答道，“目前，以人类已证实的理论来说，宇宙极限速度是光速，真空状态下的光速，即 299792458 米每秒。”

陈长宁的眼神落定在陈静安——此时是祝年年的陈静安身上。

“你初中物理学得挺好。”陈长宁说。

“承蒙夸奖。你刚问我穿越时间有哪一个基本条件必须满足，这个问题我想反驳。”

“哦？”

“问题问得很局限。事实上，爱因斯坦的广义相对论提到过一类天体，这类天体虽然尚未被发现，但它的存在性是已经被证明的。”

“黑洞。”陈长宁道。

“对，黑洞不受现代科学原理，例如宇宙极限速度的限制，它也可以成为实现时空穿越的一个途径。”

“所以你听过黑洞，没听过意面化？”陈长宁忽然起身走到书架前，当着门口两个女孩的面，抽出陈静安想要的那本书。

“什么化？”

“意面化，英译词，Spaghettification，回去查一下它的意思。”陈长宁走到门口，亲手把书递到陈静安手里。

这时，祝年年那部索尼手机响了。

是祝爸爸来接陈静安了。

第九章

/ 早恋与屠格涅夫 /

H U A H A I

祝年年将陈静安送到小区门口，权当例行饭后散步。其间，陈静安一再问祝年年：“确定不去跟你爸打个招呼？”

祝年年摇头。

陈静安很快在路边找到祝爸爸的黑色本田，不足十步的距离，很近。她还想再向祝年年确认一遍，一转头，见祝年年目光直直地看着祝爸爸的车，眼睛湿漉漉的，好像要哭。

“还是去看看吧！”陈静安拉她的胳膊。

“看不清比较好，我怕我因为很想他，见了面，要露馅。”祝年年松开陈静安的手，神情冷静地道，“我以前都没和他们分开过这么长时间。”

“所以啊，还在等什么？去打个招呼。哎，哪有那么容易露馅，爱因斯坦以后，世界上都没出过天才了。”

“爸爸以前是刑警。”

“刑警怎么了？你爸好久没当刑警了，业务能力可能已经……”察觉到祝年年递来的眼神，陈静安适时住了口。

呸！她都在说些什么啊！

这时，本田车里的祝海深也看见了女儿，直接将车开到两个女孩身前来。

祝年年一慌，忙把陈静安推走，自己则难得反应机敏地转了个身，飞也似的跑回小区了。

陈静安看着祝年年逃走的背影，心中困惑，万一以后和祝年年再也换不回去，要怎么办啊？虽说自己当祝年年当得很自在，可是祝年年在陈家会不会不习惯啊？祝年年看起来那么想见祝爸爸，又要拼命克制，实在太让人心疼了。

唉！陈静安仰头望天，春夜的天空云层涌动，看不见一颗星星。陈静安肩上的背包里装着陈长宁借给她的书，她当然不认为一本书就能解释她和祝年年的状况，但万一能够找到一些线索，也是不虚此行的。

到底还有什么办法能够知道自己身上发生了什么呢？还能找谁帮忙呢？陈静安默默地想。

“回家了，年年。”见女儿步伐缓慢，像是在发呆，祝海深从车窗里探出头来喊道，将陈静安拉回了现实。

她拍拍右肩上的背包，忽而想到陈长宁提的“意面化”，她必须尽快查出这个词是什么意思，下回决不能再被陈长宁问倒！

一想到这里，陈静安还是感到生气。时间旅行类的读物明明都是她买的，陈长宁总是嗤之以鼻，凭什么他懂的比她还多啊？！

气死了。

不过，生气并不是陈静安目前最主要的心情。坐上祝爸爸的车后，她开始整理今天在陈长宁书架上搜集到的信息。事实上，哪怕花了不少时间浏览各种科普杂志，她还是没找到任何可以代入她和祝年年现下状况的解释。

以陈静安仅有的科学知识来理解，她和祝年年目前相当于交换了整颗大脑，可她们所经历的时间线还是在正常往前走的，也就是说，她们之间，并不是时间穿越。思及此，陈静安的注意力回到书包里找陈长宁借的那本书上，如果她和祝年年并不是经历了时间旅行，那么时间旅行的可能性对她而言又有什么用呢？

“怎么了？愁眉苦脸的，和朋友吵架了？”

太过专注于思考问题，以至于当祝海深的声音在车内响起时，陈静安本能地吓了一跳。尽管陈静安竭力掩饰，但她的反应还是没有被祝海深错过。

“没有！我是，有几道题目没想明白。”

“数学题吗？”

“嗯。”

“想不明白就先冷静冷静，不要钻牛角尖。”祝海深带着探究的眼神关切地说，“今天跟妈妈出去逛街开心吗？”

“开心。”

“听妈妈说，买了不少衣服？”

“对，很多。”与祝爸爸交谈，陈静安奉行一切从简原则，能少说一个字，就绝不多说半个字。

祝海深稍停顿了一段时间，斟酌着用词，缓慢道：“妈妈说，年年好像突然爱漂亮，急着想做大姑娘了。”

好的，警察先生在套我话！陈静安脑中顿时警铃大作，支支吾吾地说了一连串语气词，一时不知道该怎么回应。

“年年，和爸爸之间，可以无话不谈的，你一直都明白的吧？”

“嗯，明白。”

“我和妈妈不一样，我不喜欢干涉你的自由，这一点，你认同吗？”

“认同。”

“爸爸呢，可以跟你保证，你和我说的话，只要你不愿意，我一定不告诉任何人，妈妈也不行。这样，爸爸可以得到你的信任吗？”

陈静安点头，小鸡啄米一样乖巧，老老实实等待他的盘问。

“好，现在我们坦诚地聊天。你跟爸爸说实话，今天去的这个同学家，是男生还是女生？”

“女生啊！”陈静安着急地说，“她刚刚送我到路边，你明明看到了！”

陈静安略带强硬的语气引得祝海深转头而视，毕竟在开车，他还是很快回转视线，再开口时，语速明显放缓了许多：“爸爸看见了。但是爸爸今天晚上和妈妈一起接的老师电话，你们班主任余老师说，二中高三年级有个叫陈长宁的男生。”一边说着，祝海深还一边注意着女儿的表情，想从她脸上找出蛛丝马迹：“听说是个很优秀的学长，长得好像也很不错，什么……‘二中柏原崇’？”

也就那样吧，看久了完全没感觉，陈静安内心暗嗤。对于祝爸爸把话引到陈长宁头上的原因，她很好奇，便没接话，继续听祝爸爸说。

“陈长宁，也住在你今天去的这个同学家。”

“他是我同学的哥哥。”陈静安接话道。

“他们都是理科生。”祝海深重音强调道。

“我不能和理科生来往吗？”陈静安反问。往常在陈家，管教她的事务统归陈长宁，每次陈长宁管束陈静安，她总要跟他抬杠，要是辩论激烈，还免不了面红耳赤动手动脚。如今和祝爸爸，虽然还是忍不住出言反驳，但祝爸爸毕竟是老江湖，语气和方式好过陈长宁太多，所以，陈静安现下的语气也很平静。

“当然能。”说着，祝海深将车开进小区。

陈静安自认为自己语气平静表现合理，可到祝海深这里，已经超出这位父亲对女儿的认知了。他极小心地筛选自己的话语，尽可能地温声道：“爸爸和你聊这些，没有干涉你交朋友的意思，我只是想确认，你，最近的你，确实跟以前不大一样。今天你们徐老师，那个历史老师，也和妈妈打电话说了，不是说，是通知，她通知你妈妈，祝年年的叛逆期开始了。”

车子停在路面停车场，祝海深没有下车的意思，陈静安便也没有轻举妄动。

“你妈妈听完很害怕，很担心，还很伤心，不知道以前都好好的、朝夕相处的孩子，怎么突然开始……”祝海深顿了顿，接着说，“爸爸只能安慰她。我知道，你长大了，大概开始模糊地懂得欣赏异性，怦然心动什么的，爸爸妈妈也都是这么过来的。放心，绝对不要紧张，放轻松，爸爸不会建议你压抑这种心情和好感，不过前提是……”祝海深的语气越来越温柔，话说到这里，他偏头看过来，“年年，你看着爸爸。”

陈静安万分茫然地照做。

祝爸爸对陈静安笑了笑，他是个长相帅气的中年男人，笑起来尤其。以陈静安近几天观察来看，祝家一家人都比较注重仪容，祝爸爸和祝妈妈都分别有不同款式和味道的香水，是个很精致的人家。相较而言，陈家实在是……可以说是非常朴实无华了。被这样一张帅气的脸慈爱地盯着，陈静安不好意思说谎，只好保持沉默。

“答应爸爸，如果你喜欢谁，哪怕只是暗恋，也千万不可以瞒着我，爸爸不会说什么你现在要以学习为主的老套的话，我就一个要求，你不能骗我，行吗？”祝海深竭尽所能地放轻声音说。

一向乖巧听话的女儿也没逃过青春期驾到，祝海深选择了慎之又慎的处理方式。下午妻子梨花带雨地和他说女儿在商场不让她帮忙试内衣的事，祝海深原本觉得不是什么大事，可刚刚和女儿的一番谈话，他能明显感觉到女儿身上时刻紧绷的“战斗欲”，这种“战斗欲”祝海深过去在审犯人的时候常碰上，因而格外熟悉。女儿这点新变化到祝海深眼里就不再是小事了，这基本意味着女儿不只是青春期到来，叛逆期也要来了，她应该很想要反抗。而他作为一个丈夫，心知妻子身体状况不好，心理承受能力差，是断不能将这点发现告知妻子的，不仅不能告知，他还得悄无声息地，独自把这件事处理妥当。有了这些打算，祝海深才算心里有了底，面对女儿时，便多了许多心眼，最好能了解女儿更多，以控制女儿的走向不脱出掌控。

陈静安自然不知道祝爸爸心里有这么多念头，她只是觉得祝爸爸看她的眼神是在期待肯定答案，于是她点了点头。

事实上，她有点没搞清状况：现在，此刻，祝爸爸祝妈妈是怀疑她早恋，而且，早恋的对象还是——

陈长宁吗？

回家的车上，陈静安遭受了祝爸爸的审问；陈家这边，祝年年也没能逃脱相同的命运。

时间是晚上十点多，祝年年洗漱完毕，正在书桌前预习明天的课程。自从心里隐约认定现状不是梦境之后，祝年年最担忧的倒不是怎么换回去，而是怎么继续扮演好陈静安而不被察觉，尤其是不要被陈长宁察觉。因为晚上和陈爸爸陈妈妈接触之后，她发觉这对长辈对儿女的教育很开放，几乎放养，不像自己爸妈那样细致。反倒是陈长宁，自己也还是少年，对陈静安严厉得已然像半个父亲了。

对陈长宁的警惕落实到学习上，变成一股动力，陈静安没有同时准备两科，祝年年还是做了准备。理科班盛行上讲台做题的风气，祝年年害怕自己明天被老师点到名，会在讲台上手足无措、贻笑大方不说，免不了还要暴露自己。这么想着，她认为自己只能下笨功夫，所幸高一是大全科，她的理科成绩虽然不如文科，却也不差。

陈长宁差不多是在这个时间点敲响了她的房门。

“请进。”祝年年说完这两个字，陈长宁立刻推门而入，并且很快从里面关上了门。

祝年年见他手上拿着一本书。他在门口，先是环视了一遍陈静安的房间，随后目光直接落在床上，径直朝床迈过去，突然又停住，拐去房间另一侧与书桌相对的五斗柜。

他站在柜子旁，整个人高出五斗柜好大一截。春天的晚上，气温降低，他穿着灰色长袖运动款睡衣，刚洗完的头发擦得干净利落，略带湿迹，一如头发下的脸，白净而秀气。陈静安房间的顶灯不亮，大约灯罩用了太久，光有些昏暗。他哪怕就那样清清爽爽地站在那儿不动，也不说话，对祝年年来说，也是巨大的压力。

夜，是暧昧的，人的情绪敏感而纤细，经不起丝毫风吹草动。今天这一晚，她把陈家人见了个完全，似乎是因为这一层，她在陈家生活才终于找到实感。她甚至开始想象，万一以后都换不回去，她要怎样在这个家庭里生活。

在陈长宁的逼视下，祝年年强迫自己转回到书桌前，轻声问：

“有，有什么事吗？”

“这本书，”身后陈长宁说，“屠格涅夫的中篇小说集，借你。”随着他话音结束，祝年年听到书本被放在柜面的声音。

她又好奇地转过身去看他：“为什么？”

“你不是要学习写作技巧？”

“可是你，你不是认为，屠格涅夫的作品不适合用来学习吗？”

“哦？”陈长宁左手手肘放上柜面，整个人以一个悠闲散漫的姿势斜靠在上面，“我什么时候这么认为了？”

“就……”祝年年下意识地感到紧张，低着头捋头发，意识到自己没有长发可捋的同时，她也意识到自己现在是陈静安。她想起傍晚时分，陈静安，真正的陈静安，在陈长宁房间门口和陈长宁的那番关于物理知识的对话。她始终在旁聆听观察，自然而然注意到陈长宁的反应——他看陈静安的目光那样专注，饶有兴味，还包含着一丝不加掩饰的欣赏。她很羡慕。她想，她也得那样轻松，那样自如，那样赢得他的注视。心念转到这里，她的话也在不觉中脱口而出：“就昨天晚上，我去你房间看书，你好像，对我的说法不太赞同。”祝年年想试着那样做——像陈静安那样做。

“啊，我想起来了。”陈长宁微微一笑，“你当时说，你想了解俄国作家。我那一排书里，有托尔斯泰、陀思妥耶夫斯基，应该还有契诃夫，你要不要都去拿来看看？”

“都可以……看吗？”

“当然。不过，你要给我一个理由。”

“什么理由？”

“证明你不是三分钟热度，你真的提前做过功课的理由。”

“怎么证明？”

“你能从我的藏书里挑中屠格涅夫，想必对他有一些基本的了解，我想听听看。”陈长宁脸色轻松地问。

他的轻松状态使祝年年受了影响，想着自己的身份也许不再被他怀疑，而她又太想在他面前有好的表现，于是渐渐放松下来，交谈因而慢慢开始顺畅。只是因为面对他的压力还在，说话还有些结巴：“是做过基本了解，只有一点点。”其实不止一点点，她读过屠格涅夫，并且很喜欢他。

“比如呢？”

“知道他的出身，他成书作品的大概年代，当时俄国的社会状况，他不同时期作品的风格，加上一些，个人生活。”

陈长宁静静听完，神色间透露出思索意味：“这不止一点点了吧？”

祝年年脸红：“还好。”

“当时俄国的社会状况，以这一点来看，你觉得对屠格涅夫的作品主要会有什么影响呢？”

“啊，”祝年年没想到问题还要继续深入，而这确实是她擅长的领域，遂稍整理了思路，“屠格涅夫本人出身是地主阶级，特权阶层。按理说，俄国当时被罗曼诺夫王朝把持了两百多年，农奴制是根深蒂固的，这种根深蒂固，应该不只是社会制度、社会生活方面，还包括当时俄国各个阶层人的思想、意志。特权阶层生来就拥有特权，很难跨越阶层去思考的。可是屠格涅夫，他在很早的时候，就体现出超出自己阶层的、个人思想上的、反叛的先进性，比如他在二十多岁就爱上女仆。啊，对了，就是你那篇《初恋》。”

祝年年兴奋状态下忽然拔高的语调，一下子让她本人和对面五斗柜前站着的人都有些意外。

察觉到这点，祝年年瞬间低下头：“大概就是这些。现实主义作家的过人之处，往往就体现在这些方面，超越自身阶级和时代的先进性上吧。”

“很完整。”陈长宁站直身体，对上祝年年刚抬起的视线，拍了拍五斗柜上的中篇小说集，“确认下，你还需要这本书吗？”

“我需要。”

“好。”他笑了笑，眼神看向她的书桌，“你看书吧。”

话毕，他迈步走向门口。祝年年目光照旧追随他，看他在门口停住，转身回头，脸上情绪友好而平静：“明天早上不要赖床。”

祝年年用力点头。

陈长宁没有再说话，手拉开门，走了。

祝年年拼命压制住自己尖叫的欲望，最终只是默默给自己做了个加油打气的动作。

太开心，太满足，巨大的喜悦无处迸发，她于是拉开房间的窗帘，打开窗户。

外面星空璀璨，凉风习习，她闭上眼。长这么大以来，第一次感觉自己克服了一个好大好大的障碍。

她要好好体会。

第十章

/ 约定 /

H U A H A I

因为昨晚太过幸福，担心隔天醒来一切灰飞烟灭，祝年年这一夜睁着眼睛直到天亮。和陈静安互换身体的第四个早晨，她欣喜地发现自己还在陈家。

她当然没有赖床，听见陈爸爸陈妈妈早早出门，她便起了床，完成洗漱时，陈长宁刚买了早餐回来。

他今天买的是生煎和豆浆。

祝年年默默做了个深呼吸，尽量以轻松自然的状态和他说早安。陈长宁回以她微微一笑，继而在餐桌前坐下，将一盒生煎移给她。

祝年年打开餐盒，见里面躺着六只生煎，正兀自为难怎么吃完它们时，听见对面陈长宁的声音：“吃不完？”

“啊？”祝年年抬头，对上他探问的目光，“我尽量……”

“能吃几只？”陈长宁没等她说完话，果断把餐盒移到自己面

前，先夹走了两只，“四只能搞定吗？”

祝年年点头，脸莫名发热。

随后，陈长宁插好豆浆的吸管，又把一杯豆浆推给她。

祝年年脸上的热度蔓延到心头的时候，陈长宁说：“你同学，祝年年，她借的那本书。”他看向她，脸上神情看不出什么深意，“很遗憾，那本书是别人的，得还回来，你可以叫她再过来一趟，重新挑一本。”

咦？是别人的吗？可陈静安明明说是她挑选着买的。这么想着，祝年年也没有过多犹豫，直问：“那不是我买的吗？”

陈长宁低头吃生煎的动作一停，很短的一瞬间，他端起豆浆的杯子，猛吸了一口，说：“陈静安告诉你是她买的吗？”他抬起头，目光如冬日的寒风，凛冽而尖锐。

祝年年夹在筷子上的生煎落回餐盒里，陈长宁并没有急着再说话，而是静静地看着她。

不知道过去了多久，祝年年感觉身上发冷的时候，陈长宁的声音仿佛从很远的地方传来：“陈静安四岁半来我家，考虑到那个时候她已经懂事，我爸妈花了很长时间和心血让她适应这个家庭。陈静安第一次在我家发自内心地感到快乐、开心，并且放松下来，是因为吃了我妈做的韭菜合子。她大概从八岁开始，一顿饭就至少能吃两个，这个数量随着她长大，只有增加，没有减少。”

陈长宁语速平缓，看似不带感情地说着这些，祝年年却不难听出他语义中蕴含的，和陈静安之间深厚的亲情。

“至于生煎，”陈长宁目光转向桌上的餐盒，“和韭菜合子几乎算是同一类型，她一个人能吃两份，十二只。味蕾、对食物的喜好，作用在人身上，属于生理反应，它可以失误一次、两次，但不可能是每次。”

他说得对，祝年年想。生理反应是最难控制的反应，比如此刻，她全身发冷打战，完全不受她本人支配。

陈长宁依旧沉静地看着她。格外伤人的是，他看她，不再有哥哥对妹妹的情感面纱，他收回了那层柔软的外壳，把她当一个陌生人。

“所以，你是什么时候，发现，发现我的？”祝年年颤声问。

“周五。”

祝年年强令自己回忆周五发生的事情，结合陈长宁说食物是生理反应，瞬间想起什么：“小笼包？”

陈长宁点头：“还有，陈静安从来没侧坐过我的自行车。最初，我以为那是她的新花样，没有多想。后来连续几天，我说的话——每一句会让陈静安跳脚的话，你都毫无反应。我和她认识太久，就算她想要掩饰对我的攻击性，以她的演技，不可能没有一丝破绽，何况她还只是个小朋友。”

“可是，可是静安说，”听祝年年提到陈静安，陈长宁的目光很快有了细微松弛的变化，祝年年努力让自己放轻松，“她说你是极端唯物主义者，不会相信……”

“相信你们彼此交换了人生吗？”陈长宁接过她的话，随后抬手看了眼表，“对，我不相信。昨晚你带着祝年年，也就是陈静安本人来我家，翻了我的书架。由于你们只想到作案，没想到消除痕迹，所以我看见了一床关于时间旅行的科普类书籍，还有几本穿越小说。另外，我的床有被躺过的痕迹，只有陈静安会那么做，可是上面有长发，而陈静安是短发。”

听他说到这里，祝年年情不自禁地瞪大了眼睛。一直耳闻陈长宁很聪明，各科老师都很喜欢他，过去只在红榜上分数栏那里见识过，可直到现在、此刻，她才真正切身感受到这点。

祝年年后知后觉地想起陈静安给她写的守则里，要她和陈长宁保持距离的条款，还有陈静安对他的形容——野狼和野狐狸的杂交。对细节的敏锐是理科生的优势，他善于在一堆素材里找到最关键的蛛丝马迹，然后穿针引线，完成精密的推理。

这是祝年年没有的思路。对于身份败露这件事，她心知无力回天，也没什么继续说谎的必要，而她还有一个问题想问：“所以你昨天晚上和我聊屠格涅夫，是为了试探我吗？”

“试探已经结束了，和你聊文学只是为了确认。陈静安说得对，我确实不相信什么穿越、灵魂交换这种诡异的事情，而且我本来没打算这么快把这件事情说破，可是……”话到此处，他的目光忽然移向祝年年面前的生煎，“先吃早餐，吃完去学校，路上还有说的时间。”

这一下，祝年年有点意外。在持续性紧张的反应之后，仿佛某种界限被打破，最大的秘密被最在意的人得知，而他并没有露出攻击性，还让她照常吃早餐上学，使她如释重负。

她有些不切实际地幻想，这是不是意味着，祝年年本人和陈长宁的相识即将正式开始。

吃完早餐跟着陈长宁下楼，祝年年发现他今天没有骑自行车，而是一路领着她去公交车站的方向。

“你们都是上周五发现的吗？我指，身份互换这件事。”陈长宁问。

“对。”

“所以你当天就找了陈静安？”

“没有，是她来找的我。”

“哦？她找你说了什么？”

早晨七点多，正是上课高峰，公交车站牌那里已经有许多穿校服的学生扎堆等在一起。陈长宁在距站牌尚有几步路的地方停下，周遭是车水马龙的嘈杂声响。他的声音刻意压低，只够身边人听清。

对陈长宁的提问，祝年年进行了短暂回忆：“她认为我们不是在做梦，而是真实地发生了穿越，什么时间旅行，她当时很……兴奋。后来午休的时候，我们俩各自写了行动守则，交换了。”

“行动守则？”

“就是变成彼此之后，生活里需要注意的事项。”

“你们都写了？”

“嗯。”

“陈静安写的那份还在吗？”

“在。”祝年年道。她每天随身携带，并且自发地随时进行补充。

“可以给我看看吗？”

“好。”祝年年闻言正要摘下书包，感觉到陈长宁出手制止了她的动作，她不明所以地看向他。

陈长宁往路面一指：“车来了。”

祝年年本人很少乘公交车上学，小学到初中，都是妈妈接送她上学，上高中以后，爸爸工作迁到和学校顺路的地方，就换了爸爸接送。变成陈静安之后，她乘过几次公交车。

可她并没有和陈长宁一起坐过。

这趟公交车经过三所学校，车上混杂着三所学校的学生。祝年年之前不怎么注意其他人，今天有陈长宁在身边，她感觉乘车体验很不一般。

好多女生一边偷看他们，一边窃窃私语。其中有几个比较大的声音传进祝年年耳朵里，直让她感觉脸热。明明她自己以前也常迎接各种明里暗里的目光和讨论，感受却与现在截然不同，尤其是听到一些暧昧言论，祝年年直感觉自己的心脏正在以缓慢但又不可逆转的速度爆炸。

“是男女朋友吗？”

“二中可以这么明目张胆地谈恋爱啊？”

“男生好像是二中风云人物。”

“他真的好少坐公交车啊，我只碰过三次。”

“是陈长宁和他妹妹啊。”有穿二中校服的女生故意更大声地说。

讨论声忽然就变小了。

想知道陈长宁听到这些话的反应，祝年年悄悄观察他，却见他眉头紧皱，眼睛凝视着车窗上某一处许久未动，分明已经走神。

自己的妹妹和一个陌生人发生了这样不可思议的状况，是很令人头痛的事吧？祝年年默默代入他的心境想。

后来一直到下车，陈长宁才终于回过神。

“现在给我吧。”学校车站前，他忽然很焦急地对祝年年说。

祝年年闻言解书包，立刻从里面找出陈静安写的守则。陈长宁接过去，边往人行道走边看了起来。

陈静安写的内容不多，陈长宁很快看完。其间，他始终凝神思索的紧绷神情慢慢松懈，大约是看到什么好笑的内容，嘴角一度还有笑意。随后，他将守则还给祝年年。

“她有表达过……想换回来吗？”陈长宁问。

“没有。”

祝年年不假思索的回答令陈长宁转头看她，须臾过后，他又问：“她和你说过为什么吗？”

祝年年愣住了。事实上，陈静安从没提过这点，她也没想过问陈静安。

身份互换这些天以来，她只知道自己不想换回去是因为陈长宁，可是陈静安为什么也不想换回来，她不知道，只觉得陈静安好像很喜欢当“祝年年”。

这时，两人已走进学校，对陈长宁的提问，祝年年只能老实作答：“她没有和我说过。”

陈长宁沉默。过了一会儿，他的声音再次传来：“你们一般在哪里碰面？什么时候？今天约了碰面吗？”

“通常是在小花园，午休和放学的时候，今天……大概会吧，我们还要交换作业。”

陈长宁突然停步，祝年年也跟着停下。随后，他用眼神示意她跟自己走。祝年年猜测他大约有什么重要事情要避开人群说，没有多问，默默跟了上去。

清晨的花园小径，已经有不少人在这里大声背单词。陈长宁一路带祝年年穿花拂柳，到一处僻静的地方才停下。

他转过身看她，眼神透着恳切意味。果然，接下来他说的话印证了祝年年的猜想。

“祝年年同学。”他的语气神情都极认真，“可不可以请求你一件事？”

祝年年用力点头。

“我知道你和陈静安身份互换的事，先不要告诉她。”

“为什么？”祝年年忍不住问。

陈长宁的神情有些意外，大约没想到她会提这样直接的问题。他想了想，说："现在不是时候。"

"哦。"祝年年轻声道。

"麻烦你了。"他微笑着说。

祝年年摇了摇头："没关系。"其实她还想问他"什么时候是时候"，可惜她先一步意识到现在不是问这个问题的时候。他对她，有很明显的客气和疏离了。

虽然微微有点失落，但好在，她真正以祝年年的身份和陈长宁认识了。希望发生在她和陈静安身上的神奇事件可以持久一些，这样她就可以更从容地和他相处，成为朋友。

第十一章

/ 陈家兄妹 /

H U A H A I

被蒙在鼓里的陈静安最近运气很差。

高三八班周一上午第三堂课，地理老师临时和语文老师换课，也搞起了突袭小考。

拿到试卷粗略地浏览之后，陈静安面如菜色、心如死灰。她承认，她是把课余时间都花在了科普杂志上，根本没有复习功课。最惨的是，她虽然确实在科学上花了许多时间，可仍然没有找到任何一条原理或者是推论可以解释她和祝年年现在的状况。她想过要去网吧上网查，可惜祝年年家教森严，根本没有机会给她偷去网吧，唯一的路，只有去图书馆。然而刚刚过去的周日，她去了陈家偷书，想要再去，只能等下个周日。

当然，这都是下个周日需要解决的问题。眼下的地理测验，陈静安毫无解决办法。考试结束，她给自己估了 30 分，比历史好，

因为里面刚好有几道题她会。想到考试成绩出来会是一场注定无法避免的腥风血雨，陈静安心情有些沮丧。和祝年年交换身份，虽说品尝到了各种美妙滋味，但要承受的学习压力也是非同小可。

唉！她都跟人交换人生了，为什么不能和世界第一富豪交换人生，偏偏是和苦哈哈的学生交换啊？！

地理测验之后是午饭时间，受不了邓莎莎一路兴奋地拉自己说考试，又不好强行打断她，陈静安便随口挑了一个能让邓莎莎更感兴趣的话题："你觉得陈长宁地理更好还是历史更好？"

邓莎莎惊讶地看着她，表情静止，眼睛瞪得像铜铃。

陈静安不明所以地用胳膊推邓莎莎："怎么了？"

"你刚才问我谁来着？"

"陈长宁啊。"

"你，你，年年，我第一次听你……"邓莎莎小心翼翼地查看四周，特务接头似的凑近陈静安，"你第一次在外面主动提他的名字。"

"主动提他名字怎么了？"

"你不是一向怕被传绯闻吗？之前有人说你和陈长宁很配，你都很生气。"邓莎莎悄声说。

现在她也会很生气，陈静安心道。意识到再聊以前的祝年年容易穿帮，陈静安赶紧搪塞："我是问你他地理好还是历史好，光明正大，又不是问你他喜欢谁。"

听完这句，邓莎莎再度瞪出铜铃眼，嘴张得可以塞下一个鸡蛋。陈静安看不过眼，动手帮她合上了。

前方拐个弯就是食堂，陈静安刚收回手要迈步前行，右侧肩膀突然感到一股大力擦过——有人撞了她。

“哎，你这个人……”陈静安下意识地要教育对方好好走路，一回神想起自己是温婉可人的祝年年，二回神看撞自己那人转过身——

好家伙！不是别人，正是她们在聊的陈长宁本人。

为什么这个人最近总是无比精准地出现在说他坏话的时候？

“不好意思。”撞她的人很不走心地道了个歉，还用高贵的眼神轻蔑地扫了她一眼。没等陈静安说“没关系”，他就又跟身边那个陈静安很眼熟但不知道名字的傻大个儿互相推搡着走了。

一旁邓莎莎从愣怔中恢复，走过来扒住陈静安的胳膊，嘴里碎碎念道：“他背影好帅啊。可是路那么宽，他为什么偏偏过来撞你？是不是故意的啊？”

他一定是故意的。虽然陈长宁人已经消失在拐角，但陈静安还是对着他离开的方向翻了个白眼。

他一定听到了自己在背后议论他，没准还扬扬自得：堂堂高二年级级花竟然偷偷和朋友议论自己。

他撞她，准是为了提醒她。

自恋狂。

午后。

僻静无人的花园小径，陈静安和祝年年再次接头。

针对上午发生的情况，陈静安先行认罪：“我地理又考砸了。”

“有多砸？”

“勉强能拿个三十分吧。”

祝年年不知该作何回应，她从来没连续考出过这么差的成绩，可想而知分数出来之后，老师和同学，爸爸和妈妈那里会是怎样的山崩地裂。变成陈静安的新奇感受在头三天很极致，可以让人忽略一切烦恼，可当今天早晨，从陈长宁揭穿她的身份开始，她便越来越怀疑自己不是在做梦，而是在真实地经历身份互换。原本还觉得，如果真是互换不是做梦，她会因此感到开心，毕竟不用担心梦醒，也不用担心陈长宁发现自己的身份，然而她错估了自己。上一次听陈静安说历史考砸了，祝年年觉得没关系，因为梦醒之后，一切又可以回到原点。这次，陈静安又说地理考砸了，她知道自己不能用梦来豁免即将发生的状况了。一想到这些后果，祝年年就感觉天要塌，心里郁闷极了。

注意到祝年年脸上神情的变化，陈静安一脸抱歉地看着她说：“我从今天晚上开始恶补，成吗？”

怕陈静安持续自责，祝年年摇摇头表示没关系。

“我说真的！我爸妈是老师，连陈长宁都说我记忆力好。文科嘛，都是背的多。我跟你保证，我从现在开始发愤图强，励精图治，宵衣旰食，挑灯夜读，凿壁偷光！”

祝年年被她一连串的成语和决心逗笑了。听她提起陈长宁，祝年年想到一个问题：“静安，你想过我们什么时候换回去吗？”

“想过啊，可惜呢，现在我们遇到的状况是超出人类科学认知水平的，是超自然力量的，这太高难度了，不然我也不会去问陈长宁借书。”

“你会担心吗？担心我们再也换不回去。”

“为什么要担心？我跟你讲，自然界的一切事物都是遵循某种规律存在的，也许我们人类目前掌握的原理还不够先进，但是，我们既然能身份互换，就一定还能换回去。”陈静安信誓旦旦地说。

“如果换回去的那天，我们都八十岁了呢？”

“那——”陈静安顿住，很快又说，“那不可能的。”

“你想换回来吗？尽快换回来。”祝年年语气轻柔地问。

这个问题令陈静安难得沉静下来，她看祝年年的目光有些不解，一如她此刻的心情。

她想过换回去，但没想过要尽快换回去，起码到今天为止，没有这个想法。

“陈静安。”

不远处一个令两个女孩都很熟悉的声音骤然响起，引得两人纷纷回过头去张望。

“还不回教室？”

见陈长宁大步过来，陈静安登时将自己切换成战备状态，一边假意微笑着，一边默默祈祷他能被小石子绊倒摔在她面前，以报中午食堂那一仇。

另一边，祝年年对陈长宁的出现深感意外。

陈长宁先经过的陈静安，为此，陈静安还特地扮出招财猫的姿势对他礼貌招手说“你好”，可是陈长宁全程却像没发现有她这个大美人一样，完全无视了她。

“回去上课。”他一把拉住祝年年的胳膊，像往常无数次对陈静安那样，要严厉地将她带走。

祝年年没弄懂他意欲何为，顺势要跟他走，又发现他其实并没有下大力气拉她。一拉一放之间，祝年年明白了，他来这里是为了妹妹——真妹妹。

脑中清明至此，祝年年选择配合他。

“哎呀，长宁哥哥，你这样拽安安，安安会疼的。”陈静安满脸紧张地说。

“和你不是很熟，别哥哥长哥哥短了吧。”陈长宁冷淡地说。

陈静安神情短暂一僵，很快又恢复了标准的甜美笑容：“那叫你长宁学长吧。”

“你叫什么来着？”陈长宁转过头看着陈静安问。

三人中，陈静安现在最矮，仗着这点优势，她低头翻了个只有自己知道的白眼。

与此同时，祝年年也对陈长宁的提问感到目瞪口呆，心想，他们果然是兄妹，戏瘾都很重。

“长宁学长这么快就忘记我了，我是祝年年呀，高二八班祝年年。昨天晚上在你家，你问我‘意面化’是什么意思，还送了我一本书，不记得啦？”

陈长宁没说话，只静静看着她。

“那个‘意面化’哦，其实原来不是我不懂，是你的英语说得不太好，又擅自翻译了一个生造词，难免让人听岔。啊，我说话有点直接，没有冒犯学长吧？”陈静安一脸无辜地说。

祝年年欣赏着陈静安的表演，差点憋不住笑，是感觉到陈长宁的手正慢慢离开，她才转头去看陈长宁。她看他，他看陈静安——尽管知道他们是兄妹，即使不是亲生的，但有长久的亲情基础，陈长宁对陈静安必然是在意得紧的。可是，亲眼看着他对陈静安那样在意，而陈静安还浑然不觉，祝年年很羡慕，确切地说，是非常羡慕。如果说有什么事情能够治愈她对互换这件事的担忧，那么只有陈长宁。

“很好，你很勤奋。”陈长宁道，语气听着像夸，实则是贬。

陈静安听得不大高兴，立马生出想和他辩论的心思，叹了口气说：“长宁学长看来是不信我早知道啊。你想想看，但凡对黑洞有基本了解的人，势必都知道黑洞里存在潮汐力。潮汐力嘛，要是人，一进去，直接能被拉成小数点。Spaghettification 比较完整和正确的翻译应该是‘意大利面化’，你说的那个词，太不通用了，一下没听明白，就容易产生误解。”

三个人站的地方是一处有油麻藤四处攀爬挂坠的地方，刚好避开日晒。陈长宁和陈静安相对而立，祝年年则站在与另两人形成等边三角形的点上，她默默来回看着，听着这两兄妹互飙演技的谈话。

“借你的书看完了？”陈长宁挑眉问。

“小女不才，一晚就看完了。”陈静安摆淑女架势回道。

“看完了就还给我。”

“行，回头我就托年……安安，带给你。”

陈长宁点点头，双手抄进校服裤子口袋，刚刚往前迈了两步，忽而驻足：“啊对了……”他回过头看陈静安，“刚才听你说话的意思，好像对黑洞做过许多了解，不知道你看没看过《人造黑洞》？”

“《人造黑洞》？”陈静安双眼圆睁道。

“对，我刚看完，挺有意思。”话毕，像是多留一秒都累似的，陈长宁果断迈步前行，人都走出油麻藤遮蔽地带了，管教妹妹的声音还是幽幽传过来，“早点回教室上课，陈静安。”

祝年年看着他离开的背影，心中清楚，他不是在喊她。

陈静安自然不清楚这些，她陷入了对人造黑洞的强烈好奇中。

人造黑洞？是她没有听过的概念，而且，顾名思义就酷毙了。假若真的存在人造黑洞这种东西，那么她和祝年年身份互换的状况就完全可以合理化了。事到如今，她也不相信世间存在什么灵魂互换。成为祝年年这些天以来，她反复试过，她的身体还是祝年年的，只是意识属于陈静安，可是她们之间的意识是怎么交换的？她之前想不通，完全想不通。

所以，人造黑洞没准是个解题思路。

二中流行发试卷报分的传统，高二八班历史小考，平均分79分，陈静安凭一人之力拉低了全班平均分。

整堂试卷讲解课，陈静安没有一刻放松下来。巨大的压力困扰着她，这时，她再次想起陈长宁提的人造黑洞，她漫无边际地想，如果她能找到身份互换的规律，那么她就能控制互换的频率、时间点。比如，下回文科考试，她们可以换回来。又比如，有一天她想吃祝妈妈做的菜，也可以随时再换回去。

心心念念着这件事，以至于下午放学和祝年年换完作业，陈静安立刻心急如焚地问："你今晚能帮我问陈长宁借《人造黑洞》吗？"

"万一陈长宁他，他不借呢？"

"不借你就用老办法，偷。"

祝年年低头轻笑，她发现陈静安总是把问题想得很简单。陈长宁使用这么多手段，不过是想让她回家啊。祝年年在心底叹了口气。

这时，两人已经走出校门口，祝年年右前方突然疾驰而来一个女生，注意到这点，两人都站着没敢动。

那女生留着齐刘海，眼睛大大的，长相可爱。夕阳下，她满脸通红地站在祝年年面前，微微喘着气说："陈静安学姐，可以请你帮个忙吗？"

对这个状况，祝年年感到很茫然，一旁真正的陈静安差点按捺不住地要吹个口哨，想起自己还要保持淑女气质才生生将口哨憋回去，只留下一个吹口哨的嘴形。

“什么忙？”祝年年问。

女生瞬间不知道从哪儿拿出一个蓝色信封，封面贴着一颗粉色桃心，双手递到祝年年面前。

“请帮我转交给陈长宁学长。”

原来是封情书。祝年年低头看到女生紧张又似乎松了一口气的样子，心下不受控制地一抽紧，有种同病相怜的感觉。她没有让那女生多等，很快将情书接过来。

“谢谢你。”女生高兴地道完谢，害羞得转身就跑了。

一路夕阳相送，祝年年觉得女生的背影格外美好。如果她能有这样的勇气，也许根本不用变成陈静安了。念头至此，祝年年忽然抬头看天，她想，假设世间真的存在某种人力不能干预的命数，那么这种命数让她和陈静安互换身份，是想教会她什么道理呢？是不是在暗示她，对自己的人生、自己喜欢的人，需要勇敢呢？

“喊我学姐，看来她是高一的。”身旁陈静安的话打断了祝年年飘远的联想，祝年年偏头见她咬牙切齿的样子，“陈长宁太不是人了，手都伸到高一去了，简直是祸害遗千年。”

好的，美丽的粉色气息没了。祝年年侧身拉下书包，要把情书放进去，身边陈静安对她的动作表示很惊讶。

“你要干吗？”

“替她送给陈长宁啊。”

“你带给他他也不会看的，我从初中开始帮他收情书，到现在他一封都没看过。”

“那我也不能帮他决定情书怎么办啊，情书毕竟是那个女生送给他的。”祝年年柔声道。

“那你呢，你收过那么多封情书，每一封都看都留着吗？”陈静安不敢置信地问。

“嗯。”祝年年点头，“怎么说都是别人的心意，虽然我不回应，但我也不想随便对待。”

陈静安被祝年年的认真和善良打动了，夕阳无限好，她却觉得祝年年更美好。怕自己显得太矫情，陈静安连忙一掌拍上她的肩膀，豪气干云地说：“你这个人，怎么这么好啊！”

两人傻呵呵地相视一笑。

“年年，爸爸在这里。”私家车把校门口前方的主路堵得水泄不通，祝海深下了车，站在一棵梧桐树旁朝陈静安招手。

“啊，我爸……不对……是你爸。”陈静安及时改口，“我走了，你爸来接我了。”

“去吧。”祝年年笑着推她。

陈静安也回以祝年年分外开心的笑容，一转身，蹦跳着朝祝海深跑去了。

祝年年心口发酸，夕阳余晖像幅背景画，衬托着她的爸爸，他脸上慈爱和宠溺的笑容即使隔着这一段距离，她也能感受到。

好想爸爸啊。

“我们也回家吧。”左边突然一个声音临近，祝年年受惊望去，陈长宁不知什么时候出现在身侧。

她深深吸了口气，好不容易将酸涩的情绪推走，回到当下场景，却见陈长宁已径自前行，往公交车站走去。

陈静安还在车前冲祝年年的方向挥手作别，陈长宁明明一抬眼就能看到，可他的目光，由始至终，一秒都没有往那个方向移动过。明明他很想念陈静安，希望她能回家，可他就是没有看她。

从他的背影，祝年年感受到了，确切地感受到了，他不开心。

第十二章

/ 暗藏的危机 /

H U A H A I

一路沉默。

和陈长宁一起在老铁餐馆等饭的时候，祝年年鼓足勇气对他说：“静安，或许只是，她只是想试试当女孩子吧。”

陈长宁看向她，目光中透着意外。

祝年年调整好呼吸——和他说话，已经不像最初那样艰难，她还微微笑着，试图开解他：“你上次问我，静安为什么没说过要换回来？我问过她，她没有告诉我，我想，她自己也不明白吧。”

“是吗？”

“因为和她身份互换，我们这几天相处比较密集，我觉得她是一个心思很简单的人，所以，她表现出来的样子，应该就是她心里的想法。我感觉得到，她喜欢待在我家。”

陈长宁转头看店门外，祝年年以为自己的话伤到他了，一时没

有再开口。静默了片刻，听见他说："我知道，我知道她喜欢你家，所以不想回来。她大概，一点也不留恋我爸妈，留恋我。"

门外蓦地一阵夜风吹过，卷起地上的碎叶子。不经意看见他的伤心，祝年年心头也被尖锐戳中，莫名体会到他的痛感："不会的，静安不是这样的人。"

"是吗？"陈长宁又问，"你了解她吗？"

"也许了解没那么多，但我确定，她对陈爸爸陈妈妈，对你，都有很深的感情。周日陈妈妈做韭菜合子，静安特别高兴。"

陈长宁看向祝年年，脸色渐渐和缓。

祝年年对他笑了笑："上次你不是也说吗，她还是个小朋友，小朋友总是喜欢新鲜不是吗？就像小时候去爷爷奶奶家过暑假，一开始住着很喜欢，但很快就会想爸妈的。静安性格这么好，在她身上完全感受不到什么阴影，绝对是和陈爸爸陈妈妈，还有你，你们一家人的关爱离不开的。"

"她性格好吗？"陈长宁失笑道。

"好啊，单纯、热烈、无拘无束，对科学和宇宙充满好奇心，很难得在女孩子身上看到这些。"

这时，餐馆老板拿来打包好的晚餐，递到陈长宁手里时，老板笑得格外开心，直对着陈长宁说："这就对了，兄妹俩不吵架，和和睦睦的，爸妈才会放心啊。"

陈长宁提着外卖，也回了一道笑容给老板："谢了，老铁。"

祝年年也跟着稍稍倾身："谢谢老板。"

两人相继走出店门，陈长宁说："陈静安没有你这么讲礼貌、善解人意，你说她的性格是因为我和我爸妈，同理可证，你应该有一对非常温和的父母。"

突然被夸，祝年年有些不好意思，低头兀自脸红，说话的声音也变小了："爸爸妈妈从小对我要求比较高。"

"你会想回家吗？"

"想，但是也还好。"

"你会担心，你们再也换不回去吗？"

"嗯。"

"对不起，我好像问了一个不合适的问题。"

"没关系的。"祝年年摇头道。

陈长宁脸上堆着抱歉的笑意。

两人沉默地往楼栋方向走，即将走到单元楼门口时，他像忽然想起什么似的停下了脚步："你刚刚说陈静安不像女孩子，原话是什么，可以再说一遍吗？"

"啊……"祝年年仔细回忆了一遍，"我说，她喜欢科学、物理和宇宙，难得在其他女孩子身上看到。"

陈长宁沉默下来。祝年年见他正抬头看已然黑沉下来的夜空，心下感到不明所以，也和他一同仰望。

"陈静安并不是一开始就这样的，"陈长宁静静地说，"是我逼她的。"说完，他迈步走进了单元楼。

同一个时间，不同空间。

陈静安在祝年年房间里待了十分钟，她发现今天家里氛围很奇怪，一回家她就被祝妈妈喊进了房间。

明明饭已经做好，猪肚鸡汤的味道香飘十里，她还没被允许出房间。

有问题！

陈静安摸到房门口，悄悄打开一道门缝。祝家房子面积大，格局工整，她的房间看不到厨房，开了门，还是能听到轻微声响。

她听见祝妈妈在啜泣，似乎遇上了什么伤心事。

长这么大头一次听到长辈的哭声，陈静安霎时紧张起来。关上门，来回在房间里踱了几圈之后，她跳回祝年年的公主床，拿出手机，给祝年年发去短信：你妈妈在哭，怎么办？

城市另一头，祝年年正在和陈长宁相对而坐吃晚饭。

等她在手机里看到这则短信，时间已过去了二十多分钟。

她立刻给陈静安回短信：怎么了？

陈静安没有回。

祝家八点才开始吃晚饭。

长长的餐桌上，菜色丰富，除了陈静安在正常动筷子，两位长辈都甚少下筷。慢慢地，陈静安意识到周围太安静，吃饭的动作也渐渐停了。这种沉默的压力格外磨人，偏偏陈静安又不能依着自己性子直接问发生了什么。

很郁闷。

终于，她放下筷子，打算结束饭局。

上座的祝海深突然看过来，沉声问："吃完了？"

陈静安点点头。

"没有什么事情要跟爸爸妈妈说吗？"祝海深又问。

"没有。"

"爸爸再问一遍，你确定学校里没有什么事情发生吗？"

听完这句问话，陈静安感觉自己肩膀上像被压了两座山那么沉重。她本来是有话想说的，地理卷子今天下发，25 分。可是现在这状况，祝妈妈一副心情不好的样子，她怕万一说了，效果等同于火上浇油、雪上加霜。这么想着，陈静安对着祝爸爸目光坚定地摇了摇头。

"啪"的一声，祝海深把筷子拍在桌上，这一声在落针可闻的安静场景里，显得格外具有威慑力。

反正陈静安吓得抖了抖。

再看长桌左侧，梁慧茹偏过头，伸手掩住鼻子嘴巴，好像又哭了。

祝海深看了妻子一眼，回转到陈静安身上的眼神像老鹰一样锐利。

"晚上你们班主任余老师给妈妈打过电话，她说你最近状态特别糟糕。历史考了 21 分，今天的地理测验也就得了 25 分。"祝海深话说到这里，妻子梁慧茹“嘤嘤”的哭泣声也随同响起，明显是再也掩饰不住。

陈静安瞬间头皮发麻，人生第二次感到害怕。

第一次是父母离开，她自己的亲生父母离开。她本来以为那是儿时的记忆，最终会在强大的时间长河里被淹没，可惜没有。她记得那样清楚，以至于开学前还真的找到了亲生父母的家。那时，她仍天真地以为自己会遭遇一场涕泗横流的认亲情景，结果也没有。生她养她到四岁的亲生母亲，已经完完全全地忘了她。

她应该是很不讨人喜欢，所以才那么容易被遗忘吧。

“也跟你迂回曲折地说了那么多，以为你顶多是故意闹点小情绪。你上周跟我说历史没考好，我还帮你给妈妈做心理建设，以为你可能考个六七十分，你，你竟然，你也太让爸妈失望了。连续两门功课二十多分，你不是闹点小情绪，你是成心想让爸妈担心，对吗？”

陈静安不知所措。在陈家，从小到大，她总是很努力地学习，因为陈长宁太优秀太厉害，她不想被讨厌，不想成为养父母的负担，所以从来没让陈爸爸陈妈妈失望过。

她太怕听到“你让爸妈很失望”这样的话了。原本以为此生不会听到，没想到还是听到了。

怪她自己，没有听祝年年的劝告，明明可以花点时间学习文科的，毕竟有高一全科学习的基础。

是她掉以轻心了。

这时，梁慧茹也偏转过头来看陈静安，隔了好半晌，她终于停止抽泣，说道："你最近是真的变了，你以前不是这样的。先前我跟你爸爸说，是不是我平时太严厉，让你产生了逆反心理，所以换你爸爸跟你沟通。"

"我相信爸爸已经跟你讲过，我们可以接受你青春期叛逆。你想变成大女孩，你可能对学校里一些男孩子有好感，你爸爸说服我不去管你了。可我没想到，你今天，你今天还在……"

因为克制哭泣，梁慧茹的声音颤抖起来：

"我们这么小心翼翼，一个唱白脸一个唱红脸，唯恐行差踏错，担心得要命，你对我们到底有什么不满？为什么要报复我们？你知道刚刚你们班主任跟我打电话怎么说的吗？她以为我们亏待了你，做了什么让你感觉到压力的事情，说你一棵重点大学的好苗子有可能会因为我们没照顾好你的情绪而葬送。

"你说，祝年年你说，爸爸妈妈到底哪里没有照顾好你？我们没有其他奢求，只是希望……只是希望你能在高考前这个阶段，守好一个学生的本分而已啊。"

看着祝妈妈一边流泪，一边眼神伤痛地说话，陈静安哭了。

其实她很长时间没哭过了，过去生活中没有什么伤心的时刻，陈爸爸陈妈妈都竭尽全力地对她好，哪怕有时候陈长宁会气她，也只是气她。

她从来没有哭过。

她不懂自己为什么会哭，也许没有一个具体的原因，但她就是哭了。没办法再看祝妈妈满脸泪光又充满爱意的眼神，她赶紧移开视线，看桌上那碗猪肚鸡汤。

鸡汤太久没动，上面浮了一层黄黄的油，陈静安盯着那层油，耳边祝爸爸还在说："你想让爸爸妈妈怎么样？我们怎么对你才好？如果说上周五历史考 21 分是你想对爸妈耍点小脾气，那今天地理是出于什么原因？你知道吗，你们班各科老师都吓坏了，都觉得你完全变了个人。"

"不只他们，妈妈也觉得你变了。"梁慧茹接过话头，"你什么都不跟我聊，我根本不知道你在想什么。就算你真的对我们有意见，你说啊，爸爸妈妈会改，哪怕不能全部满足你，总会朝你希望的方向改的。连早恋我都和你爸爸商量着少管，你还要怎么样呢？"

陈静安不敢回话，现在她只想把他们的亲生女儿送回来。

祝年年坐在书桌前复习功课，第十次拿出手机查看短信。今晚，陈爸爸陈妈妈住校不回家，她正走神想着陈长宁在做什么的时候，房门刚巧被敲响。陈长宁在外面问："方便开门吗？"

在陈家，祝年年已经习惯时刻穿睡衣，她回话道："方便。"

陈长宁推开门，照常穿着灰色运动款睡衣："可以来我房间一趟吗？有一些事情想和你对一对。"

“好。”祝年年将手上的笔插回笔盖，起身走去了陈长宁房间。

到房间的同时，陈长宁给她搬了一把椅子到书桌旁：“先坐。”

祝年年随之就座，看见桌面上放着一本笔记本，上面写了些东西，其中一则是：3 月 13 日，天气状况没有异常，天文界也没出什么新闻。

陈长宁坐在她旁边，两人之间留出一个礼貌的距离。

“我想问你一些情况，你和陈静安身份互换那一天的情况。”陈长宁拿起桌上的笔，摘了笔帽，“我查了那一天的天气和新闻，几乎没有什么异常。想问问你，互换的前一天晚上到当天早上，你的身体有没有什么突发状况？”他自桌前偏过头，眉目专注地看向祝年年。

祝年年心一紧，立刻给自己做疏解，短暂陷入回忆后，她摇了摇头：“跟平时比，没什么不一样的。”

陈长宁神思出走了片刻，目光再回到桌前，提笔在笔记本上写下祝年年的回答。

“现在完全弄不明白你们是为什么互换，也不清楚要换多久，对身体有没有伤害，以我的能力根本帮不到什么。我想过，最好能送你们去北京，找专业的科学院院士，或者再找专家。”

“有，有这个必要吗？”

“有。”陈长宁的笔在本子上画出重重一笔，笔尖和纸张发出刺耳声响，“你们最好尽快换回来。”

这一句使祝年年的心遭受了重重一击。

“嘀嗒嘀嗒嘀嗒嘀……”

是陈静安的诺基亚手机在隔壁房间唱响，想到这个点给她打电话的别无他人，祝年年立刻起身说：“是静安。”

祝年年走到自己房间门口正要关门时，陈长宁的声音急速传来：“别关。”

祝年年愣了下，照做。

电话接通。

“喂，静安吗？”

手机里传出哭声。

祝年年吓了一跳，急忙问道：“是你吗，静安？你在哭？”

陈长宁房间里一阵声响，祝年年一抬头，看见他直起身体朝自己疾步走来。她听到的声响是他的膝盖和椅子撞击，以及椅子摩擦地板的声音，椅子是她刚坐过的那把。

“开免提。”他用沉沉的声音说。

陈静安在电话里哇哇大哭。

焦虑且担心之余，祝年年难以自控地去观察陈长宁的反应，他很安静，呼吸声很均匀，可他的神情……在房间昏黄顶灯的照射下，他的眉头皱紧，像被一根拉到极限长度的细线牵扯着，仿佛只要再稍微施加一点点力道，细线就会断，他会很疼。

“我好像，好像伤害你爸妈了。”这是陈静安哭完之后的开场白。

紧接着，祝年年和陈长宁一起，听她断断续续地说完了晚上在祝家的经过。

妈妈的崩溃在祝年年意料之外，仔细一想，又觉得不难想到。对爸爸妈妈的担忧影响了她当下的判断，怕说出什么会让陈静安更难过的话，祝年年定了定神，说：“静安，我现在脑子很乱，暂时没想到什么好的解决办法，但你相信我，我比你更爱我的父母，我会好好想办法的。你先不要难过，按你中午答应我的，好好复习功课好吗？”

“你会怪我吗？”电话那端陈静安吸着鼻子问。

这个问题过后，陈长宁的目光一并看过来。祝年年对上他的视线，同时对着手机说：“下一堂考试之前，如果我们还没有换回去，你再考砸，我就会怪你。”

她对陈长宁微微一笑，希望他不要担心。

“好！”陈静安的语气里突然充满斗志，“我现在马上去学习。”

“加油。”

“挂了。”

电话应声而挂断。

陈长宁看上去松了一口气，分外诚恳地说：“谢谢。”

祝年年摇头，脑中一团熔岩翻滚，她很担心父母，尤其是妈妈。之前总是迷迷糊糊觉得身份互换这件事只是个梦，对家人的状况、思念的程度都没有太真实的感受，哪怕祝年年已经确信自己不是在做梦，情绪还是被陈长宁主控着。然而接完陈静安刚刚那通电话，听到陈静安说妈妈难过大哭，祝年年终于感受到这场互换背后的危机。

“你爸妈的接受能力怎么样？”陈长宁问。

“你指什么？”

“告诉他们真相——你和陈静安莫名其妙身份互换了。”

“不行，”祝年年连忙摇头，“我爸爸还好，我妈妈真的不行，她生我的过程很痛苦，所以后来才会辞掉工作专职在家照顾我。我和爸爸一直怀疑她有抑郁倾向，她太紧张我了。”

“或者先告诉你父亲？”陈长宁冷静道，“父母亲有一个知道，可以及时开解另一个。”

祝年年陷入思考。

“这只是我的个人建议，如果你有别的想法需要讨论，任何时候都可以找我。”

祝年年朝他感激一笑。

陈长宁皱了一晚的眉头终于松了一点点。

察觉到他要回房，而此时的祝年年并不想一个人待着，急忙说道：“你也很担心吧？对静安。”

陈长宁低头，手指按太阳穴：“长大以后，几乎没听她哭过。你不要看她风风火火好像很厉害的样子，她其实很胆小，很脆弱，特别怕别人不要她。”

“刚才那通电话里已经感受到了。”

“她见过爸妈离开的场面，我是指，她的亲生父母。四岁半，有记忆，有意识，我们正常家庭长大的人，没有那种经历，自然也不能体会那种经历带来的影响，也许会很长，很深，”陈长宁低声重复，“很长很深。”

“但她遇到你们一家，也是命运的补偿吧。”

“是吗？”陈长宁苦笑，“我不知道。”

“是。”祝年年语气坚决。她想给他信心，尽管她自己现在也很需要安慰。

“我应该对她更好一些，不然她不会贪恋别人家的温暖。”陈长宁一直低着头，这句话说得很轻，好像只是说给自己听。

祝年年想摒除心中的焦灼，组织语言安慰他，无奈关心则乱，久不成言。

“早点休息。”陈长宁抬头扯了扯嘴角，大约是想送她一个微笑，可惜，还是透着苦味。

这一天晚上，城市一端的陈静安彻夜未眠，挑灯夜读，搭配着黄锦麦的笔记，初步补完了高二上学期历史和地理的教科书内容。

城市另一端的祝年年也失眠了。早晨第一缕阳光投进来，她先听到陈长宁敲门，伴着声音：“陈静安？”

祝年年不明白他的意思，下意识回了句：“啊？”

“祝年年？”他又喊。

瞬间明白他在确认她们是否换了回来，祝年年很想说“不，我是陈静安”，可惜她不是。

她从床上爬起来，扬声道：“我是祝年年。”

门外沉默了，很久，他的声音才再度传来：“早安。”

房子大门开了又关的声音响起，是陈长宁出去买早餐了。

祝年年起床刷完牙洗完脸，客厅时钟指向六点半，还特别早。陈长宁比平时出去的时间长，她走去阳台想看他回来没有。

透过防盗窗，一下就看到了他。他穿着白T恤和黑白相间的校服裤子，那清瘦的身影在清晨的阳光下显得那样美好，然而很快，祝年年就发现了他的异常：他手里拎着早餐，走得极其缓慢，还时不时地停下脚步，一停就是一两分钟，光站着发呆。

这样行路，自然耽误了许多时间。

等他回到家，时针已经快要指到“7”。

照旧是生煎加豆浆。

陈长宁给祝年年戳好豆浆，又将一盒生煎移到她面前。动作结束，他忽然想起什么似的：“忘了你只能吃四只。”

祝年年先他一步按住餐盒：“我可以吃一整盒。”

陈长宁抬眸看她，这一眼，祝年年看得极其心疼。他眼睛红红的，下面乌青，分明一晚没睡。

“我想好了，”祝年年直视着他，语气坚定地说，“把我和静安的状况，先告诉我爸爸。”

陈长宁眼神中流露出不解。

“我没想到更好的办法，至少昨晚到今天没有。我不知道爸爸他能不能接受，也不知道他会不会告诉我妈，也许他会把我送去医院什么的，先不管这些……”

房间里诺基亚手机铃声响起，打断了祝年年的话。

餐桌前两人一时有些愣怔，都猜到打电话的人是谁。

陈长宁动作很快，立时从餐桌旁站了起来，像条件反射。祝年年随之要起身，听见他说：“你别动，我去拿。”人已经径直去了陈静安房间。

拿到手机，祝年年按接通和免提。

“年年，你还在家！”电话那头陈静安语气轻快地说。

祝年年立刻和陈长宁交换了一道疑惑的眼神。

“对，我还在家。”祝年年道。

“太好了！”陈静安说，“我跟你讲，我昨晚一夜没睡，终于想通了一件事。说到底，你爸妈现在最担心的就是我的学习，觉得我好像是故意考砸的。我想到一个办法，可以完美解释我的行动逻辑。”

“什么办法？”祝年年急忙问。

“我就跟你爸妈说，说我想转科，不想学文科，想换成理科，所以才故意考砸。请你爸妈，主要是你爸爸，替我去跟老师说。”

“这——”这个提议有些怪异，祝年年没法尽快做判断，她将目光递向陈长宁。

陈长宁指了指耳朵，示意她继续听。

陈静安紧接着说：“这样一来，我去你家的事就能解释得通了。哪怕你爸妈觉得我是因为暗恋陈长宁才想学理科的也没关系，就由他们去想，反正理科考试我是不在话下的。”

祝年年面色尴尬地听完这一段，视线转向陈长宁，却见他脸上浮出一点点笑意，以苍白的脸色为底色，显得格外轻松，格外灿烂，格外令人心动。

“至于你呢，就也托陈长宁给你转，他在我爸妈和老师那儿说话都很有分量。你听我的，一定要死乞白赖、没皮没脸地磨他，我以前就是这么做的。他这个人虽然软硬不吃，但就怕我磨他，俗话说得好，好事多磨嘛！再说了，最近突然转科的人又不止我们俩，没人会故意阻拦我们的。等哪天我们换回去了，大不了就再去转一次科呗，说法我都想好了，哭着喊着跟老师说，还是原来的学科好。”陈静安语速飞快地说着，即使只闻其声不见其人，也丝毫不难想象到她此刻神采飞扬的样子，“怎么样？这方法可以撑一段时间吗？”

“我可能，我要考虑考虑。”

“行，你考虑，我等你好消息！你爸还在等我，我先挂了！”

通话结束。

祝年年正想要开口问陈长宁的想法，就先听见他说：“方法虽然很无理取闹，但暂时可行。”

“可如果跟我爸爸坦白……”

“你刚刚有一句话提醒了我，”陈长宁打断她，“你爸有可能送你去医院，我相信这是基于你对父亲的了解做出的推测。我认为，这种情况极有可能发生。”

“我不确定他是不是相信科学，我家很少聊到这个话题，但他很相信医学。”祝年年道，“因为我妈妈有抑郁倾向，他就经常咨询医生。要是和他坦白我跟别人身份互换了，我猜他和他信任的医生都只会觉得我是精神分裂，妄想症什么的。”

陈长宁点点头：“转科还有一个好处。”

“什么？”

“你们俩如果同时转科，你们之间的来往在父母那边会变得很合理。这样，不止她可以来我家，你也可以经常性地去她家，暂时以祝年年好友的名义，关心你的父母。”

祝年年被这点打动了。

“不用急着做决定。”陈长宁终于坐回餐椅，眼神落向桌上装生煎的餐盒，“先吃早餐，你说要吃完一盒的。”

他递来的眼神蕴含清和的笑意，祝年年看得一愣。她发现，他好像没有那么把她当外人了。

第十三章

/ 转 科 大 作 战 /

H U A H A I

和陈静安互换身份第五天，祝年年开始祈祷这场不知缘起的互换能尽快结束。如果上天是想让她在互换中学会什么，那么上天的目的已经达到了：她想，她已经克服了和喜欢的人相处时的局促、紧张和不安。

知道陈长宁在外面等，祝年年赶紧收拾好书包，准备去上学。文具袋放进外层时，摸到一个硬硬的信封，使她想起一件暂忘的事。

陈长宁站在玄关等她，室外阳光入侵，他没有避开，任由晨光在他身上勾勒了一道光圈。

祝年年还是心跳加快。认识他这些天，确实克服了紧张没错，但好像，因为知道他的性格，因为发现他的善良，更真实地喜欢他了呢。等换回去，她一定也要给他写信。

“你的。”祝年年双手将蓝色信封递给陈长宁。

陈长宁神情有些意外，但还是接了过去，顺手放在了玄关旁的柜子上。随后拿钥匙开门，走了出去。

“你不看吗？”祝年年问。

“你说情书？”

“对。”她跟着他下楼。

“陈静安从来没帮我带过情书。”陈长宁道。他没有回答她的问题。

“可是静安说，她从初中就开始帮你收情书了。”

“对啊，她收情书而已，”陈长宁语气轻快，“没有带给我。”

祝年年这才明白过来，心底忽然又涌起一股强烈的好奇心，关于他会不会看情书这个问题在心里翻滚搅扰了好久，好不容易鼓足勇气要开口问——

一抬头，原来在她踌躇举步的时候，陈长宁已经走远了。

今天照旧坐公交车，陈长宁照旧带着祝年年在距公交车站七八步路的地方等车。

“你和陈静安中午会接头吧？”他问。

祝年年点头：“要告诉她我的决定。”

“和她说我答应了，”陈长宁偏头看向她，“答应帮你跟老师提转科的事。”

“好。”

“或者，你可以建议陈静安，让她晚上带你爸爸来趟我家。”

“为什么？”祝年年大惊道。

“一来，你可以见见你爸爸；二来，让你爸相信，陈家的孩子学习都很棒，不用担心你们俩来往影响学习。”

“可我爸……”“我爸担心的是你啊”这句真话，祝年年不好意思说。

“你爸担心的主要是我，你想说的是这个吧？”没想到陈长宁竟然接了她的话。

祝年年低头，涉及暧昧话题，她还是没有面对他的胆量。大约先喜欢的人，总是要胆小一些的吧。

“不用担心，”陈长宁显然误会了她低头的理由，温声安慰她，“你爸真正见到陈静安和我的相处氛围，一定会彻底放心。”

“怎么说？”

“陈静安演不出早恋的样子。”他神情冷静地说。

祝年年反复回味他的话，总觉得有哪里不对。末了，她想起另一个问题：“为什么不让静安知道，你看破我们身份这件事啊？”

问题出口，祝年年没有预判陈长宁的反应，原本以为这只是个很寻常的小问题，没想到陈长宁听完眼神一黯。

马路上连过了好几辆车，空气中隐约有风的踪迹。

“因为她还不想换回来。”陈长宁沉声道，“那天下午，你爸来接她，她那么高兴地跑过去……”他的叙述到此突然停下，忽而转头对祝年年递了个脆弱的笑容，“我知道这对你不公平，我也在找让你们换回去的方法。在此之前，我自私地希望，她在我们家没法得到的，粉色的三口之家梦，能做久一些。”

祝年年迎着他的笑容摇了摇头：“没有不公平。在陈家生活的这些天，我也觉得很新奇，很喜欢，这也是我的梦。”

把真心话用指向不那么明确的措辞勇敢地表达出来，祝年年感到脸热，幸而，这时候车来了。

中午接头，祝年年把陈长宁关于转科的原话转述给了陈静安。

陈静安听得一脸惊悚：“就这样？”

“就这样。”

“他竟然这么轻易就答应你了？转科在我们陈家是件了不得的大事啊，他居然……没要你磨？”

祝年年轻笑：“哪有你说得那么夸张，我觉得你哥哥人很好，好好和他讲理、坦白，他会听。”

“那是你吧！他对我可不会！”陈静安很确信地说。

高一下学期选文理科的时候，她怕自己选理科后，势必总要处处被陈长宁压制，即使爸妈不会拿他们比较，陈长宁也一定不会放弃取笑她的机会。思来想去，她跑去和陈长宁说了个选文科的初步想法，陈长宁根本不给她一丝一毫机会，哪怕她软磨硬泡了大半个月，还找了爸妈，最终她还是没说服他，而是他说服了她。

陈静安记得他的原话：“你整个高一学年，文科成绩平均比理科成绩少六十分，我说的是平均，平均的结论很明显，你的理科比文科好。但凡你对自己的未来人生有一点责任心，对高考有一点敬畏，就不会胡闹一次之后还花这么长时间跟我磨洋工。”

一个魔鬼，怎么可能突然转性变天使？！

“会不会，是你一直以来，误解了他？”祝年年还在试探着修正陈静安的想法。

“不会，”陈静安很笃定，“我觉得可能性只有一个。”

“什么？”

“他也和别人身份互换了。”

祝年年哑口。

“不说他，说回转科的事。既然你已经先说了，那我也得抓紧，免得你爸妈那里夜长梦多。你不知道，今天你爸送我上学，一句话都没跟我说过！”

“是，”陈静安话说到这里，祝年年立刻按陈长宁的建议就坡下驴道，“不如今晚就说吧。我有个想法，你看可不可行。”

“快快讲来！”

“今天放学，你把我爸带来陈家，和他说我们是因为都有转科的想法才认识，最近来往是在互相了解文理科班的状况。”

听祝年年说完，陈静安立刻双眼大亮，道：“这样一来，你就能在我家见你爸了？”

“啊？”祝年年没想到陈静安对这个提议的第一反应是这个，赶紧又给了个肯定语气，“啊！”

“那就这么办！”

“你不要再考虑一下？”

“唉，还考虑什么！你这个人就是太喜欢为别人考虑了。我已经见过我爸妈，这都五天了，该轮到你了！”

祝年年听得双眼一热：“其实让我爸来你们家，看到你们家是个教师之家，我们两个确实是在学习，也许他会安心一点。这才是这趟参观的目的。”这是你哥哥的建议，他也想见你，她在心里补充说。

祝年年眼眶发红的反应落进陈静安眼里，翻出她心底里的愧疚。她看着此刻祝年年脸上，自己全然没有的、温暖如春的神情，默默想，祝家人真是她见过的人家里，最温柔善良的了。

如果当初她被祝家领养，成为祝家的女儿，会不会也变成像祝年年这样的好孩子，叫祝月月、祝日日、祝分分什么的？

为什么要叫陈静安啊？！

傍晚放学，心中一块大石头落地，陈静安脚步都轻快了许多。其实转科还有一个别的好处，陈静安没和祝年年说。她昨晚辗转反侧仔细地想过了，关于发生在她身上的神奇事件，她得去找一个人帮忙。这个人不是别人，正是理科班教她物理的老师——邓晖。邓晖不仅仅是特级教师，还是天体物理爱好者。开学之初，因为陈长宁阻挠她参加物理竞赛的事，陈静安还和邓晖闹了点私交上的不愉快，一时没想起找他。现在，她是祝年年，文科班的祝年年，她就不信邓晖不帮忙。

怀抱着这一些美好期待，陈静安拉开祝爸爸的车门，见他似乎还打算冷战，陈静安主动说：“爸！我想带您去一个地方。”

车子没发动，祝海深转过头，不明所以地看向她。

“就您上次送我去过的，陈家，我想带您去他家考察一下。”

“说说你的目的。”祝海深发动车子，语气中听不出什么情绪。他想在女儿面前树立严父的形象，毕竟妻子已经倒下了。

“我想转科。”

“转科？”

“对，转理科。”

“你文科比理科好，为什么要在这么关键的时候转科？”祝爸爸的声音听上去急了些。

陈静安不觉也紧张了几分，换了个格外乖巧的表情，一边想着祝年年的样子，一边放软声音模仿道：“我就是，突然对理科感兴趣了，喜欢化学、生物和物理，喜欢做题，喜欢一个题目只有一个答案。”

“你，你你你这不是胡闹吗？一年多没上过理科课程，能跟上吗？高考没多少天了，让你妈妈知道，又要操心了。”

“能跟上能跟上！其实我偷偷自学了理科。我有信心，不信你可以让理科班老师现场给我测验，我一定可以考出好成绩。”

“偷偷自学理科？”祝海深递来一道伤痛的眼神，“年年，你到底瞒着爸爸妈妈多少事？”

陈静安瞬时如泄气的皮球，“噗”一声，皱了一地。

两相沉默。

陈静安心急如焚，万分期待让祝爸爸和祝年年父女相见，然而刚刚谈话不愉快，她又不敢轻易再开口，正打算豁出这条性命再提一次时，忽见祝爸爸在前方路口左拐，进入通往陈家的路段。这走向实在是意料之外，陈静安一时激动，高兴地问：“咱们没走错吧？”

祝海深轻哼一声：“你跟爸爸要什么爸爸没答应过你？千叮咛万嘱咐，不过就是让你别骗我，别骗妈妈。不是要我去陈家吗？你应该已经和人家家里讲好了吧？爸爸就陪你走这一趟。”

这句话，陈静安没好意思回，嘴一撇，露出要哭的样子。

祝海深看见连忙安慰：“爸爸又没说重话，你委屈什么？一会儿到了，咱们一起给你妈妈打个电话，说清楚状况，让你妈妈放心。”

“没问题！”陈静安点头如捣蒜。

祝海深把车停在陈家小区门口。

“父女俩”在车里给梁慧茹打完电话，祝海深征询着对陈静安说：“你妈妈已经做好饭在家等，咱们就去一会儿？”

陈静安给他比了个“OK”的手势，一路领着祝爸爸上了三楼。

敲门前，祝海深及时按住陈静安的手，压低声音问：“对了，你这个同学，叫什么来着？”

“陈静安，耳东陈，安静反过来念是她的名字。”陈静安道，“她人很好，爸爸也可以把她当自己的女儿看待。”

“傻瓜。”祝海深失笑，“有你这个自己的女儿，还要把别人家的女儿当女儿看待干吗？”

可她才是你自己的女儿啊！陈静安用眼神对祝爸爸说。

祝海深当然看不懂，他解开衬衣袖口，抬手敲门。

只敲了一声，门就开了。

陈静安顺势朝里望去，陈长宁站在玄关，视线刚从她脸上飞快移开，就到了祝海深身上。

“祝叔叔晚上好，”他微微一笑，“欢迎。”

此时此刻，看着他的笑容，陈静安不自觉地眯起眼：哈！被我抓到你偷看祝年年了吧！

“这是？”祝海深斜觑向女儿，眼神分明是想抓老鼠的猫。

“是我同学的哥哥，叫陈长宁。”

“祝叔叔请进。”陈长宁道，他看上去有点紧张。

他居然会紧张？发现这点，陈静安心中很愉悦。

可是祝年年去哪儿了？

事实上，祝年年是今晚最紧张的一个。

放学回家后，她一直来来回回地往阳台跑，想看爸爸来了没。真在单元楼发现他和陈静安的身影时，她却突然胆怯了，只好由陈长宁负责接待。

她自己则按陈长宁的建议，去厨房烧水，打算给爸爸泡茶。

陈长宁把祝海深和陈静安带到客厅，祝年年这才走过来打招呼。

“祝叔叔好，”她按打好的腹稿说，“我是陈静安。”

真正的陈静安听得打了个冷战。

“你好你好，你就是想和年年一起转科的同学？”祝海深问。

祝年年背着手点了点头。

水开的声音响起，祝年年动身想去厨房，另一边陈长宁先行起身走到她面前，递给她一个“别紧张”的安抚眼神：“我去吧。”

祝年年冲他感激一笑。

这一来一回的默契落进陈静安眼里，令她觉得有些奇怪。不过很快，她笑着拍了拍身侧沙发对祝年年说：“来坐来坐，我爸有些问题想问你。”

祝年年照做。她和爸爸之间虽然隔着陈静安，但一转眼就能看到。离开家的这些天，原以为只是一个小小的假期，从没担心回不去，所以也没觉得爸爸妈妈会很遥远。如今爸爸坐在身边，却并不能喊，更不能撒娇，爸爸甚至不知道她就是祝年年，辛酸一下子涌上鼻头，祝年年很艰难很艰难才忍住。

“叔叔喜欢喝什么茶？”陈长宁去厨房关完火出来问。他站着，目光自然而然地在三人身上转了个来回。

“都行，叔叔对喝茶没什么讲究。”

“我爸喝铁观音，家里也只有这个茶，给您泡？”祝年年说。

“好，好。”祝海深和颜悦色地说，“你爸爸妈妈还没下班吗？”

“学校在郊区，他们大概八点半才能到家。”

祝海深和陈长宁对话的时间里，陈静安一直盯着陈长宁，她真实地觉得，他今天怪怪的，跟平时大不一样。

搞不懂。陈长宁也没给她太多时间搞懂，回答完祝爸爸的问题他就泡茶去了，客厅顿时只剩一对真父女和一对假父女。

真假父女？陈静安觉得自己的总结准确得像一部精彩连续剧。

“爸，你不是有问题要问静安吗？”陈静安主动发起话题讨论。

“哪是我有问题要问陈同学，我就是……”祝海深说着说着，忽然从沙发上起身，“我们待会儿还要赶回家，她妈妈做了饭在等，你们家两个理科生，平时都看些什么书，方便带叔叔参观一下吗？”

“啊？”祝年年有点不知所措，这是陈家，她没法领爸爸参观啊。

“我带祝叔叔看看吧。”陈长宁及时走过来解围，又给祝年年递了个“放轻松”的眼神。

陈静安无法不注意到这一幕，心中犹疑更甚：中午年年说陈长宁轻易答应转科的要求，她还不信，现在看了两人间明显大变特变的氛围，由不得她不信了。

陈长宁完全变了个人。

转念一想，又觉得也不奇怪。祝年年这样的性格，哪怕用的是陈静安的脸，也很难有人不对她好吧。

正这么想着，陈长宁已经领着祝海深到了自己的房间。室外自然光光照不够，陈长宁进门开了灯，入目是干净整洁的书桌、床和右侧一整面内容丰富的书架。

眼尖的陈静安一眼就看出他特意整理了房间。

“好，好，”祝海深走进房间，对所见环境很是满意，“怪不得成绩这么好，平时很喜欢看书吧？还有这么多科学类的书籍呢。”

“自己感兴趣，爸妈很支持，所以买得比较多。”

“对了，”祝海深站在书架旁，“听我们年年的班主任余老师说，陈同学初高中念的都是二中，很有名，拿过很多竞赛奖、市‘三好学生’奖，怎么没看见奖杯奖状？”

祝海深问题问完，房间内两位真正的“祝家人”不约而同地将目光聚焦到陈长宁身上。

只有假祝家人陈静安独自移转视线，脸朝书架，偷偷翻白眼。

“太多了，房间比较小，就干脆不放了。”陈长宁挠了挠头，语气谦虚地说。

虽然知道他会这么回答，但真正听到，陈静安还是摸着脖子做出呕吐的样子。

明明她也有很多！还不是爸妈怕攀比，就两个人都不贴了。

陈长宁的回答陈静安不喜欢，祝海深看着却很高兴，迭声笑着说：“真难得，不容易，今年高考吧？”

“对。”

“打算考哪里？余老师说你是学校的重点苗子，清华北大的人选，你自己呢？”

这一题，照旧是祝家真父女全神贯注地听，陈静安独自看书架。刚刚她脑中突然灵光一现，想起陈长宁提到的《人造黑洞》这本书，想着这趟反正也来了陈家，不能白来，干脆把书顺走，不麻烦祝年年为她千里走钢丝了。

“差不多。”陈长宁给了一个模糊的答案。

“哈哈，年轻人对自己人生目标的规划看来很明确啊。依你看，我女儿年年——”祝海深说话间转头去找陈静安，见她正背对几人弓着腰在书架前翻看，忍不住将她拉过来，“陈同学这么好的榜样，怎么不好好听人家讲话？”

祝海深的话听上去虽严厉，语气却满含父爱。陈静安对这一套向来很受用，不自觉地就做了个撒娇意味的吐舌表情，一抬眼，见陈长宁在看她，忍不住对他重新做了一遍，转头又对祝爸爸说：“长宁学长的藏书太多了，好羡慕，就多看几眼了呗。”

陈长宁咳了咳。

“你要羡慕，回家报书单，爸爸也给你买。”祝海深摸了摸陈静安的头。

祝爸爸这一摸头，房间里两个真正的陈家人霎时也不约而同地看向祝年年。

祝年年被他们的反应逗笑了，摇摇头示意他们没关系。

“对了，小陈同学怎么不太说话？”祝海深也顺着视线往祝年年这边看过来，“我听年年说，你突然喜欢文科？”

祝年年紧张的心情早已在不觉间放松，听完爸爸的问题，她笑着点点头：“之前和静……和年年讨论过很多次，我想，比起理科，我还是适合文科。”

“年年说她喜欢理科一道题就一个答案，以前都没听她提过。我这个女儿，很小对文学和文字感兴趣，包括初高中历史，除了教科书，她自己都会买各种课外书看的。欸，你是怎么跟爸爸形容历史的？有句话，爸爸觉得你说得很好的。”

不防被递话，陈静安瞬间傻眼，她怎么知道啊？

“我不是对历史书感兴趣，是对发生过的历史本身感兴趣，看不同的书籍是为了拼凑出一个离真相最接近的历史。”祝年年接话道。

祝海深一下顿住。

祝年年站的方位，能把陈长宁和陈静安的表情一齐收入眼底，对他们的反应感到好笑之余，她还是赶紧解救当下状况：“这是年年分享给我的，我很同意。历史的魅力和理科，尤其和物理这门是共通的，它们都在用不同方式讲述着时间的秘密。”

对祝年年的答案，祝海深眼中流露出赞赏，警报暂时解除。

陈静安躲在祝海深背后悄悄对她竖了个大拇指。

这一晚，陈长宁给祝爸爸泡的茶最终没被喝上。碍于女孩子的房间不好参观，妻子梁慧茹又还在家里等两人回去吃饭，祝海深带着陈静安礼貌告辞。走之前，这位长辈神态轻松，直说下次陈爸爸陈妈妈在家再来正式拜访。

陈长宁和祝年年一起把“父女俩”送出单元楼。

夜色上浮，祝年年看着爸爸的背影，心中叹了口气，默默祈求流星，是时候送她回家了。

“会的，”陈长宁说，“你们很快会各归各位的。”

祝年年震惊："你怎么知道……"知道她心里的想法。

"这也是我的愿望。"陈长宁轻声说，转身回家时，他拍了拍祝年年的肩膀。

这是从他知道这件事以来，第一次拍她的肩膀。

祝年年想，这份亲近应该是他给祝年年的，不再仅仅只是陈静安的。为此，她感到欣慰，好像是因为正在一同经历困难，他们的关系才终于有了进展。

同一时间，城市夜行的车流里，陈静安透过车窗看街景，也在自顾自地和地球以外不知名的力量对话：大家都是宇宙同胞，请不要再玩我，快点把我们换回去吧！

"你那个同学……"祝海深的声音突然传来。

"哪个同学？"陈静安光速回头，"祝……住在陈家一起的陈静安同学吗？"

"住在陈家一起的？"尽管陈静安及时改了口，祝海深还是捕捉到了她话里的破绽。

陈静安清了清嗓子，一边给自己考虑的时间，一边思量着说："呃，陈静安同学，好像，是陈家领养的。"

"啊，原来是这么回事啊。"祝海深手打方向盘，驶进自家小区。

"原来是领养的啊。"祝海深默默又说了一遍。

领养怎么了？陈静安在心里问。

"你以后对小陈同学好一点。"停好车，祝海深一边解安全带，一边说，“那，那个陈同学，我说的是小陈同学的哥哥……”

“陈长宁。”

“对，”祝海深拉门下车，在另一头等陈静安的空当，状似无意地说，“你和他关系怎么样？”

终于问了！陈静安兴奋地想，但面上还是装模作样的：“你今天看到了，就是普通校友、同学哥哥的关系啊。”

祝海深探照灯似的目光紧跟着她：“只是普通校友、同学哥哥吗？”

“对！”

祝海深朗声笑出来：“女儿长大了，开始被男孩子惦记了。”

“被男孩子惦记很正常吧？”陈静安臭屁地说。谁叫她现在是祝年年呢？

“父女俩”乘电梯上楼，随着电梯上行，电梯间的梯壁映出祝海深慢慢变凝重的脸。

“年年，你转科的事情，”祝海深严肃道，“我和你妈妈私下说，今晚我们去陈家的事，暂时也不要告诉她。”

陈静安不解：“为什么？”

“妈妈比较脆弱，对你最近各种大胆反常行为，她需要一些铺垫、缓冲。”

“你为什么就接受我最近各种大胆反常行为呢？”陈静安心中好奇，想也没想地问。

祝海深低头看她：“爸爸其实一直在等这一天。”

“哪一天？”

“年年也和其他普通女孩子一样，有叛逆的一天。”

“可是，可是昨天，昨天你和妈妈，明明都……”

“那是和妈妈一起，我答应她，要和她站统一战线。你记住，爸爸妈妈都很爱你，但是爸爸跟妈妈不一样：妈妈希望你完美，爸爸只希望你快乐。天底下好多事，做自己最快乐。”

陈静安低下头，很用力地咬牙，还是哭了。

从没听过这样的话，所以以为自己不需要，可是真正听到，根本控制不住想哭的欲望。一直以来，陈爸爸陈妈妈确实都对她很好，可是那种好，总让她感觉疏离。他们越呵护她，越怕怠慢她，越让她觉得自己在陈家是外人。可在祝家不一样，祝爸爸祝妈妈会因为她考试不好而生气，也会怕她心情不好而安慰她，他们给予了陈静安自己都没察觉到自己特别需要的、专属于家人的关爱。

地球以外的同胞，不知道你们是出于什么原因选中的我，我想谢谢你们，我觉得很幸福。

我还是应该回去了。

陈静安默默祈祷着。

第十四章

/ 心迹 /

H U A H A I

这一天晚上对于祝家来说，是不眠之夜。

主卧，祝海深和梁慧茹婉转说了女儿想转科的事情，心理预期是场暴风雨，真来的时候，饶是祝海深这样心理素质极强的人，还是禁不住瑟瑟发抖。

妻子先哭了一场。

接着哭着说起十七年前生产女儿时的不易，祝海深连连安抚，又是亲又是抱。

妻子还说：“她真的变了一个人。”

多年夫妻相处，祝海深只会顺着她的话说：“没错，是变了，女大不中留。”

妻子摇头：“我说真的，从周六陪她去买内衣，她宁肯让那个售货员帮忙也不让我帮开始，我就注意到了。”

女儿和老婆，手心手背都是肉，祝海深选择对妻子的话左耳进右耳出。

“这几天，她去上学，没见她梳好过头发。晚上洗完澡，内衣裤她都自己洗。你想想，她什么时候自己洗过内衣裤？”

“长大了，懂事了。”祝海深面色有些尴尬，“这种女孩子家私密的事，她有了隐私意识，不是挺好的嘛。”

“你根本不关心女儿，就想着做慈父。你再想想，年年长到这么大，什么时候晚饭吃过两碗，还那么满，吃菜也是。还有上次那件内衣，她买的，我帮她整理内衣的时候根本找不到。你不知道，她买的是个……唉，跟你说你也不会懂。说到底，女儿是我一手带大的，她喝多少奶，用什么尿布，几点睡几点醒，你什么时候关心过。”

好的，话题重回原点，妻子又按刚才的流程走了一遍循环。

先哭一场，再哭诉，再说重点。

“怎么还突然转科？难道你不知道她高一那时的理科成绩吗？刚刚在及格线徘徊，转科她能考什么大学？重本根本不可能。”

“明天上午我去找老师谈，让她给年年出份考卷，合格了才让转，不合格，就让她死了这条心，你看行不行？”

妻子还是啜泣着，祝海深深感自己这名字，老婆比他更合适。

无论如何，还是希望女儿明天能争气。他这个父亲，唯一能做的，无非也就是支持她而已。

他还是觉得陈家那个男孩子看女儿的眼神有点不简单。

不过话说回来，姓陈那个小子，确实比姓方的好多了，家教也好，配得上女儿。

带着对女儿未来恋情的担忧与想象，祝海深在不知不觉中睡去了。只有身边的妻子，仍旧辗转反侧，抽抽搭搭。

祝家隔音向来很好，次卧的陈静安完全没听到祝爸爸祝妈妈的深夜讨论。此时此刻，她正躺在床上给祝年年发短信。

陈静安：我有一种强烈的预感，明天我们就会换回去。

祝年年：我也是。

陈静安：那我们的转科怎么办？

祝年年：像你说的，哭着喊着跟老师说我们回心转意了。

陈静安：对哦，要能换回去，谁还管转科啊。

祝年年：你紧张吗？万一没换？

陈静安：万一没换，我们就去北京，找中科院的科学家。

祝年年：找科学家做什么？

陈静安：把我们交给他们啊，做科学研究，当样本。

祝年年：当样本的话，我们会被解剖吗？

陈静安：说不定，不过那也是为科学做贡献。

祝年年：你为什么这么喜欢科学啊？

陈静安：一开始是陈长宁逼的，后来自己也喜欢上了。他买了一些科幻杂志和小说，我知道他是故意的，他很有手段。

祝年年：其实你哥哥对你很好，你没发现吗？

陈静安：我今天是发现了，他对你是很好，对我根本不是。

祝年年：在他眼里，我就是你啊。

陈静安：性格还是不一样吧。他估计以为我变乖了，其实他不知道是换了另一个人。

祝年年：他到底做了什么，让你对他有这么多偏见呢？

陈静安：什么都做了。你不知道，我今天看他对你那么好，好生气，他原来也是会对人好的，就是不对我好，他只会凶我，管我，处处压制我，对我动手动脚。

祝年年：动手动脚？你不是说他不会打人吗？

陈静安：不是打人，就压我，用手锁我，他可能偷学了什么擒拿术吧，不过我也会反抗，有时候他也锁不住我。哈哈。

祝年年：压你是什么意思？

陈静安：在床上啊。我们俩动手归动手，都怕真的受伤，一般选软一点的地方动手，床就很好。

祝年年：这……会不会有点，奇怪？

陈静安：有什么奇怪的，我们从小这么长大的，习惯了。

祝年年：我是说男女有别的那种奇怪。

陈静安：什么男女有别啊，我打赌，陈长宁把我当弟弟，我可没把他当哥哥，我以后要远离他生活。

陈静安刚刚那些关于肢体冲突的文字，被祝年年加上一些暧昧的想象，不觉让她呼吸骤然急促，差点难以平复，隔了几分钟，收到陈静安的问题：你睡了？

祝年年：还没。

陈静安：如果明天我们换回去，你会有什么舍不得的吗？

陈静安：我有好多舍不得的。

陈静安：我舍不得你的公主床，你的公主衣柜。

陈静安：还有你妈烧的菜，你妈煲的汤。

陈静安：最舍不得的是你爸爸。

她连发了好几条，祝年年一一看完，忽然被她短信里的厚重情绪影响，不知道哪里来了一股勇气，立刻抬手打字，仿佛再晚一秒，勇气就会消失殆尽。

我最舍不得陈长宁。

祝年年在短信发件栏打好这几个字，却久久没按发送。

忽然，手机屏幕显示，祝年年来电——陈静安打来的。

手机铃声忘了关，声响吓得祝年年手忙脚乱，一通乱按，铃声没了，手机界面显示已拒接，同时，短信发了出去。

祝年年感觉胸腔里的氧气被瞬间抽空了。

心跳平复的时间，陈静安没有再发来短信。祝年年心中奇怪，动手给她拨去电话。

《花海》的彩铃响了两遍，陈静安接起电话。

“刚刚不小心按了拒接，”祝年年说，“你打我电话了？”

“嗯。”

“怎么了？”

陈静安静了静：“想和你说，说……我忘了。”

祝年年沉默，心跳加速了一会儿，很快又减速，反复几趟之后，她正打算开口问陈静安有没有看到那则短信，却先听到陈静安问：“你说你最舍不得陈长宁，是舍不得他当你哥哥，还是……你喜欢他啊？”

陈静安的声音在手机里显得很清脆。祝年年尝试了一个深呼吸动作，某种要豁出去的念头占据了她的脑海，也许是因为有预感明天要换回去，知道世界很快会回到原本的样子，她没有过多克制，坦承道：“是喜欢他，我喜欢他很久了，今天结束，正好四百三十天。”

“啊。”陈静安轻声说了个语气词。

“我抽屉里有一本上锁的日记，密码是 0119，我的生日。上次你说我们是朋友，可我觉得我们已经不是朋友那样简单，所以我想……”

“我不会看的。”陈静安突然打断她，“那是你的秘密。”

“我愿意，如果我们明天换回去，什么彼此存在过的痕迹都没有，我希望你可以分享我的秘密。”

“我不想分享你的秘密。”陈静安说。

祝年年诧异，不理解陈静安此时的表现。事实上，她也把这个疑问问出了口：“为什么？”

“因为你喜欢陈长宁。”

“是不是你讨厌他，”祝年年试着站在陈静安的角度思考，“所以觉得……你是怕我不站在你这边？还是……”

“不是这个。我想不清楚，我不知道，世界上那么多人，为什么连你也要喜欢陈长宁？”

“静安，我……”

“对不起，我不应该凶你、质问你。我不知道，我脑子很乱，我可能明天才能想清楚，我们明天再说。”

“明天……”

“我要挂了，年年晚安。”

电话照旧应声而落。对于陈静安的反应，祝年年只能想到一个理由解释：她不喜欢陈长宁，所以希望她的朋友也最好不要喜欢他，像邓莎莎她们一样。

祝年年并不了解陈静安。

其实陈静安本人也并不了解自己。收到祝年年短信的那一刻，她整个人都蒙了。她几乎没有作他想，立即明白祝年年短信里的意思。

距离看到消息，到祝年年打来电话，中间有三分多钟时间。那三分多钟是陈静安长大懂事以来，心情最怪异的一段时间。

就像是，突然有人伸手到她心里，把她的心脏挖走，然后突然不知道哪里来了一股妖风，就只对着那个洞吹，没完没了地吹，她感觉自己还能看到那个血淋淋的洞，带着一些粘连的神经组织，在空旷的心脏洞口飘荡。

好冷。陈静安拉紧被子盖好自己。

还有点疼，不，不是有点，是很疼很疼。

第十五章

/ 拆穿 /

H U A H A I

大概因为最近几天都没怎么睡过好觉，加上心里有了一些美好愿望，祝年年这一晚进入了深度睡眠。

醒来时听到敲门声，继而是轻微的咳嗽声，还有淅淅沥沥的雨声，她满怀期待地睁开眼——

“陈静安？”门口的一个声音问。

“不是，”祝年年答，“我们没换回来。”

心里失落极了，哪怕知道门口站着的是陈长宁都不能缓解。

陈长宁感冒了，脸色更显苍白，祝年年想照顾他，可她连陈家的药放在哪儿都不知道。

“不用担心，”陈长宁掩饰咳嗽，“突然降温，着凉了，正常。”

“要去医院看看吗？”

“不用，小感冒。”他把早餐替她摆好，在她对面落座，眉目间忧思深重。

“那你吃过药了吗？”

陈长宁叼着豆浆吸管摇头，外面突然响起一声巨雷，闪电呼啸爬过，他久久看着窗外，失神地说：“雨下得很大。”

祝年年也顺着他的视线往外看，闪电依旧狰狞地攀爬在天幕上，不知道为什么，她忽然想起初中物理老师讲的，光速比声速快，所以人总是先看到闪电，再听到声音。

“我和陈静安的交换人生到底什么时候结束？”她怅惘地问。到这一天，她心中那些身份互换后的旖旎想法全变了，可以说，当初有多欢喜，现在就有多焦虑。以前觉得哪怕一辈子都换不回去也是一件高兴的事，现在哪怕多当陈静安一天，她都感觉压力山大，胸口宛如有一把火在烧。

陈长宁喝豆浆的动作一停，紧接着一串咳嗽发作，越来越剧烈的咳嗽。

祝年年给他拿纸巾，看他咳得面色发红，满面担忧地问道：“是不是要吃点药，抗病毒感冒、消炎之类的药？”

陈长宁只是摇头。

出门前，雨照样下得很大，陈长宁给祝年年拿了伞，弓着身子在鞋柜里翻找了许久，拿出一双灰黑色的雨鞋。

“今天雨很大，陈静安的鞋子大多不防水，你穿这个吧。”他把雨鞋放在地上。

长大后，祝年年很少穿雨鞋，完全忘了这是一种最难穿上的鞋子。她一手拿着雨伞，站立失衡，差点往前扑倒，是门口一只及时伸来的手，稳稳抓住她的手臂，将她拉回站好。

后来，在她依次穿完两只雨鞋的时间里，他的手始终没有离开过。

她和陈静安身份互换，那么这股身体接触带来的强烈心动，是属于生理反应还是属于心灵反应？这份心动到底是属于她的，还是属于陈静安的？

走出单元楼前，祝年年脑子里想的是这个。

昨晚听陈静安说陈长宁和她会有那样亲密的肢体接触后，祝年年已经很难抹除这则信息带来的隐秘诱惑了。

路上雨声喧哗，祝年年稍稍移动视线，就能看见陈长宁的侧脸。他清隽而瘦削的脸因生病而苍白，衬着雨幕和街景，有一种清冷又鲜艳的美。他的鼻子长得尤其好看，祝年年以前听邓莎莎用过一句话形容——“想在陈长宁的鼻子上滑雪”。

够了。

祝年年兀自摇了摇头，想将自己无边发散的桃色幻想甩出大脑。

和陈静安身份互换的第六天，祝年年想用心记下和陈长宁相处时的点滴，哪怕这样并肩在雨中行走，于她而言也是幸福的时光。以后如果换回去，她希望神秘力量可以保存她的这段记忆。

“昨晚我和爸妈谈过了，征得了他们的同意。下完第二节课，我在年级组办公室等你，去和陈静安的班主任申请转科。”

陈长宁略带沙哑的声音瞬间将祝年年拉回当下场景。

周遭车声雨声重新入耳，她定了定神，回道：“好。”

“你和陈静安中午还会碰头吗？”

祝年年脑中划过昨晚睡前短信的记忆，察觉到自己的停顿引来陈长宁的探究目光，她赶紧说：“会。”

陈长宁一手撑伞，另一手握拳在嘴边挡咳嗽。他停在公交车站前，侧身和祝年年面对面，神情郑重地说道：“请帮我转告她，我知道她和你互换的真相。”

“但你不是……”

“她应该知道自己胡闹够了。”陈长宁接过祝年年没说下去的话，“你告诉她，昨晚我在网上查到一些资料，你们的情况在科学界有讨论，正确的描述是，记忆互换。”

“记忆……我们不是灵魂互换吗？”祝年年不解道。

“灵魂是宗教和哲学概念，在科学界没有被证实存在性。”陈长宁缓声道，“你是文科生，理解起来比较麻烦，不用知道得太详细。”

他的搪塞很客气，至少听上去是这样。

祝年年还是感觉到受伤。她记起陈静安说他的优秀给人压力，现在想想，确实是的。

转科的事项聊得很顺利，有陈长宁亲自出马，加上陈爸爸陈妈妈也先后和班主任通过电话，前后没用多久时间就确定了。

大约是为了保险起见，陈长宁最后还在班主任这里留下一个B方案，声明万一以后陈静安又胡闹后悔，能否再给最后一次机会转回来。班主任尽管看上去为难，但还是点点头答应了。

由于涉及档案信息，转科的手续还需要到教务处跑一趟。教学楼和教务处的楼有长廊相连，办完手续出来，祝年年看见长廊另一头，爸爸——她的爸爸，正和陈静安一同朝她和陈长宁走过来。

陈长宁咳嗽声剧烈，整个上半身微微弓起。

祝年年赶紧帮他拍背顺气。

四人相会时，祝海深先打了招呼："你们也来办转科？"

陈长宁脸上红潮未褪，仍挤出礼貌的笑意点了点头。

"年轻人是不是感冒了？"祝海深关切地问。

"有些着凉。"陈长宁的目光短暂地在陈静安身上扫过，"谢谢祝叔叔关心，我们回教室了。"

"好，去吧，注意身体，实在不行就去趟医院。"

"好。"

陈静安这边，祝年年的转科手续办得也很顺利。把祝爸爸送出教学楼时，第三节课已经开始了十几分钟，教室外空无一人。陈静安一路低着头默默行走，脑中想着，回头见到邓晖，她要怎样以祝年年的身份向他请教科学原理？在"L"形长廊拐角处，一个高高的身影突然挡在她面前。

陈长宁先偏过头去，用纸巾掩着咳了一会儿。陈静安下意识地想帮帮他，一抬手，想起自己是祝年年，最终什么也没做。

等陈长宁缓和了一些，陈静安用祝年年的语气柔声问：“长宁学长找我？”

“你跟我来。”陈长宁转身道。

陈静安静止不动。

陈长宁停步，转身看向她，递了个疑问神色。

陈静安温柔一笑：“你不说什么事，我为什么要跟你去？”

陈长宁沉默，像压抑着什么厚重情绪，许久，他沉声说：“陈静安。”

陈静安表情凝固了。

两人在长廊一角隔着四五步的距离，虽然是长廊，方位却四通八达，谁来谁往一眼就能发现，很安全。

“你什么时候知道的？”陈静安问。

陈长宁静静看了她一眼，没有答话，转身离开之前，他轻声留下一句话：“我查到一些资料。”

陈静安没有犹豫，立刻跟了过去。

体育用品器材室在室内体育馆旁边的角落，没有班级在上午排体育课，器材室自然而然成为无人之地。

陈静安对他口中说的资料万分好奇，加上想知道他什么时候发现自己的真实身份的，很配合地跟他走进去，等他在门口一边咳嗽一边关上门。

器材室的窗户很高，光线从上方照下来，雨天天暗，室内也就很暗。陈静安站在一排篮球旁看着他，开门见山地问："查到什么资料？"

"记忆互换，或者平行时空。"

他离她一步远，说话有很厚重的鼻音。

察觉到这一点，陈静安故意动作很大地往后退了一步："你是不是病毒感冒，会不会传染？"她可不想放过气他的机会。

陈长宁笑了，他脸色很白，所以显得眼睛很黑。他笑，陈静安就认为他是开心的。早上见到他的时候，陈静安发现他很不开心，她不知道他为什么不开心，不过，在他不开心的时候逗他开心好像成为一种本能。

"你把感冒传染给我的时候还少吗？"陈长宁道。

"彼此彼此了。"陈静安连忙说，"你到底什么时候知道我不是祝年年的？不对，我的脸还是祝年年。"

"你觉得呢？"

"我怎么知道？我总是低估你阴险狡诈的程度！"

"说回资料，"陈长宁皱了一早上的眉头渐渐松弛，"如果你和祝年年是记忆互换，也许可以去找医生，脑神经方面。"

"什么意思，让我和祝年年换脑吗？"

陈长宁不说话，光抬着眼看她。

“你别这样，看得我心里发毛。”陈静安故作夸张地搓了搓手臂，“还有平行时空呢？是说我和祝年年进入了平行时空，还是平行时空里的陈静安和祝年年进入了我们？”

“都有可能。”

“这个说法我想过，不成立。”

陈长宁递来询问的眼神。

“如果要证明我是我，从生理上来说，是我的身体，但从意识层面来说，就复杂了，对吧？”她也朝陈长宁递了个询问的眼神。

陈长宁耸了耸肩。

“如果是平行时空的话，我还是我，祝年年还是祝年年，我们一起进入平行时空，或许能和平行时空里另外的我们交换身份，哪怕平行时空里的祝年年是陈静安，陈静安是祝年年，我们可以和她们交换身份，但这个世界的我们之间无法进行交换，所以不成立。”

“思路很清晰，”陈长宁道，“基本符合逻辑，不过这套逻辑受限于当前科学理论水平和人类认知水平。就像是地心说之前，没人会去怀疑还有日心说，还有银河系，还有无垠宇宙一样。”

“照你的意思，真相也许超出我们的认知，那你查资料又有什么用？”陈静安不服气地问。

陈长宁静静看着她，忽然又咳嗽起来，一长串的咳嗽。陈静安没忍住，还是走上前去帮他拍背顺气。

“要不要去校医室？”

陈长宁避开她的方向，一边咳嗽，一边摇头作答。

“咳得不难受吗？”

“难不难受你不是看着吗？”陈长宁哽着声音回道，语气像赌气。

陈静安帮忙拍背的手一停：“哦，你感冒了怪我？”

陈长宁咳嗽暂停，他主动往旁边走开两步，和陈静安隔开距离。

“怪我自己。”他自嘲地笑了笑。

“你别这么做作，有话直说。”

“你问我查资料为什么，你说是为什么？你在祝家当公主是不是还没当够，嫌陈家太简陋不想回来了？”他脸上因咳嗽而上泛的气血还没散去，说话显得像是质问。

“你什么意思？”

陈长宁看了陈静安一眼，很快移开视线，淡淡道：“不想和你吵架。”

“凭什么你说完我就不许吵架了？你明明早知道我和祝年年换了身份，故意不说，就是看我笑话对吗？所以你是觉得我想当公主？”陈静安被他充满讽刺意味的“公主”两个字气死了，想到自己之前以为他不知道，还正好演了那么多场劣质的假公主戏码，心里又羞愤又懊恼，整个人气得发抖。

“陈静安你不要胡扯。”

“明明是你先胡扯的，你永远要把我想得那么糟糕那么烂，”话到此处，陈静安心中想到另一件事，又是一痛，“所以你哪怕知道这几天家里的陈静安是祝年年，你明明知道她不是我，可是你却对她那么好。你可以对别人那么好，就是不肯对我好。”

陈长宁脸上露出难以置信的神情。

“你太过分了，陈长宁！我一点也不需要你的帮助，不要你假惺惺地帮我查资料，我宁愿在祝家当一个假公主，也不要被你瞧不起。”

说完这番话，陈静安跑了。器材室体育用品多，她在慌乱中踩到一个小哑铃，哑铃一头击中她的脚背，钻心地疼，她也顾不上了，就想消失，彻底消失。

不想再见到陈长宁。

这一天中午，雨还是下个不停，雨势一点也没有变小的征兆。祝年年从食堂吃完饭回到教室，正犹豫一会儿要不要去八班找陈静安另约碰头地点，班上的陈芳提醒她：“文科班的祝年年来过一趟，给你带了一本书，我放你桌上了。”

祝年年点点头道了声“谢谢”，想着应该是陈静安先来通知她了。

到座位，看见桌上摆着一本《科幻世界》，祝年年立刻翻了翻书页，在里面找到一张字条。

上面写着：

对不起，最近我们的中午碰头会能暂停吗？我觉得自己最近有点 jealous of（嫉妒）你，不太健康。不过你放心，时间和事态都很紧急，我会尽快 get rid of it（扔掉它）的。安青争耳东。

附：你有什么事情也可以给我回信，像这样夹在《科幻世界》里就好。

再附：写英文绝不是为了装酷，是实在不好意思写出那几个字。

祝年年看笑了，为陈静安字里行间透出的坦诚和淘气。

思及陈长宁早上的交代，她也立刻找出稿纸，提笔写回信。

祝年年在给陈静安写回信的时候，她的母亲梁慧茹刚在家拿出她的通信工具。

一支粉色的索尼爱立信手机。

最近三天，梁慧茹每次打扫女儿房间，其实都无数次涌起过想偷看女儿手机的欲望。因为昨夜的失眠，加上一整天没停过的雨，她出不了门。反反复复左右思量过后，她还是走进女儿的房间，在床头柜的第一个抽屉里找出了女儿的手机。

确定要看的决定是在瞬间做下的，梁慧茹打开手机界面，找到发件箱，一条一条翻看短信。

梁慧茹没有想到，这个翻阅的过程对她来说，竟无异于观看世界上最恐怖的电影。

她支撑不住，倒在了女儿的床上。

第十六章

/ 科学 /

H U A H A I

和祝年年身份互换的第六天，陈静安上午办完了转科手续，下午就去了三班报到。

不到一周时间而已，重回自己熟悉的班级，陈静安有种恍如隔世的感觉。压在心头的思绪特别多，以至于站在讲台自我介绍时，面对着那一张张热切欣赏级花的熟脸，陈静安却一丝想要恶作剧的兴致都没有，胸口沉甸甸的，轻松不起来。

因为正好和祝年年对调，她坐了“陈静安”的座位，一双双目光朝自己投来，还伴有大量窃窃私语，陈静安完全提不起兴趣。坐在三班教室里上了两节课，到物理课时，邓晖讲到光学，她一边认真听他讲课，一边在心里暗暗做了个大决定。物理课结束，她径直跟着邓晖出了教室，在他拐进“L”形长廊之前，她走上前去拦住他。

“邓老师，我有问题想请教你，方便借我几分钟时间吗？”

邓晖极其惊讶，他大概也认识祝年年，但完全没想过会被这个刚转来理科班的女生拦住。不过，他对祝年年比对陈静安有耐心，对她接下来的话露出期待神情。

时值课间，往来走动的人很多，陈静安早计划好了要把邓晖带到一处僻静地点聊。为了引出他的好奇心，她压低声音直截了当地对他说：“晖哥，我是陈静安。”

执教物理十几年的国家级特级教师目瞪口呆地看着她。

“我和祝年年身份互换了。我知道这听起来很不可思议，但我身边的人里，除了你，没人可以帮我了。”

邓晖仍没从震惊中反应过来。

“我知道你现在不相信，我随便说个事情，你再看我们要不要换个地方聊。”陈静安因为很清楚自己在做什么，思路异常清晰，“开学初我要报名参加物理竞赛，陈长宁不让我参加，他找过你我知道，我也知道为什么你们都不想让我报名。因为今年省队内定了名单，学校只分到两个名额，张丰来是内定……”

“别说了，你跟我来。”邓晖面色凝重地打断了陈静安，他将课本抱在胸前，转了个身，领着陈静安往前方走去。

邓晖带陈静安去了物理实验室。二中的实验室一般都配了一间额外的办公室，一是为了存放实验器材，二也是方便老师休息。这一路，邓晖比陈静安谨慎，他把她按在办公室的椅子上，拉上窗帘，四下检查了一遍之后，才终于推了推眼镜，万分紧张地问：“你说你是陈静安？”

陈静安用力点头。

“怎么证明？”

“你随便出题。”

陈静安这话一出，邓晖也不再浪费时间，立刻问了她几道光学和力学的原理题，她答得很迅速。随后，邓晖额外增加了一些只有陈静安知道的、与物理课相关的生活细节，陈静安一一回答正确。

“太神奇了。”确认眼前祝年年确实是陈静安后，邓晖发出这样一句赞叹。他的眼中迸发光彩，好似发现了世界奇迹。

陈静安担心他太过于兴奋会耽误正事，连忙介绍自己的状况：“今天是我和祝年年身份互换的第六天，第一次发现异常是 3 月 13 日，我早上起来的时候大概是七点，醒在祝家，祝年年应该也和我是差不多的时间醒的，我俩身体上都没有什么异常反应，就是意识……陈长宁说，我们是记忆互换……”

“长宁也知道了？”邓晖惊讶道。

陈静安点头。

“怪不得，他来找我说你要转科的事情，我说不希望你转科，要留一下，他还不让我找你，说是之前物理竞赛的事情让你伤了心。我就觉得奇怪，我认识的陈静安虽然快意恩仇，但不至于这么小心眼。”

“晖哥，现在不是夸我的时候。”

“行行行，你继续说，长宁知道了，然后呢？”

“没然后，他也不知道我和祝年年是怎么回事，他哪怕成绩再好，毕竟也只是学生，我是对他不抱什么希望。我自己这些天也查了，反复思考过了，想不通，觉得不管是记忆互换、身份互换，还是灵魂互换，我学过的知识里，没有什么可以解释这个状况。而且现在，我跟祝年年都特别想换回去。”

陈静安的讲解没多大用，至少从表面上来看，邓晖还是持续在兴奋的状态里。听完她的解释，他似乎更加激动了，好半晌没说话，再开口时，声音还打着战：“你说得没错，你和长宁哪怕成绩再好，读过的课外读物再多，终究还是学生。现在发生在你和祝年年身上的情况，我初听下来也没有头绪，不过，宇宙中的原理广袤无穷，我们所学的、所掌握的，可能只是沧海一粟。这样，我接下来没课，我现在帮你请个假，最好你跟祝年年一起，咱们去趟我家，我从网上查些资料。”

“网上的资料能有用吗？”

“老师上的当然不是普通的网，我可是天文学会的，国内外观测站的第一手资料只要我想查，立刻能查到。尽管老师现在弄不清楚你们怎么了，但回去查下天文状况，看看是不是什么外力影响，这种思路比较靠谱。”

陈静安被邓晖“天文学会”的高帽震住，根本来不及考虑更多，总觉得邓晖就是她和祝年年的救命稻草，她得马上抓住才行。她太天真地想象事情的进展，根本没有想到，人生之外，总有意外。

第十七章

/ 变故 /

H U A H A I

和陈静安身份互换的第六天，雨下了一整天，放学时还没见停。下午换回八班，祝年年花了一段不短的时间适应以陈静安的身份出现，幸而她心思笃定，知道班上各人的性格，相处上倒也没出什么状况。

这一天回家，陈长宁没有和她一起，祝年年独自撑伞，穿着雨鞋，走进雨里。

在校门口碰见陈静安，分明只隔着几步远她都要朝自己跑来，脸上神情紧张又激动。

祝年年心里一咯噔，有不好的预感。

“你妈知道了我们的事，被吓到了，现在在医院。”陈静安在雨中握住祝年年的手，“你爸来了，在等我们。”

祝年年心里一惊，预感应验，天地旋转，她脚底发软，一步也

迈不动。陈静安察觉到了她的异常，手上暗暗一使力，将她像牵线木偶一样带着走动起来。

祝海深的车停在雨里，到处都是雨声、人声，还有车喇叭声，祝年年感觉耳鸣，直到陈静安拉开副驾驶位置的车门，从她手里接过雨伞，替她收好，再把她按进车里，自己最后上了车，车门关上，才嘈杂尽退。

爸爸的脸从驾驶座转过来。

“年年。”他看着她。

祝年年愣愣地回看他。很短很短的一瞬里，爸爸的眼圈一红：“发生这么大的事，为什么不跟爸爸妈妈说呢？”

祝年年忍不住哭了。

陈静安从后座给她递来纸巾，祝海深的声音在旁边响起：“妈妈今天在家看了你的手机短信，一下子接受不了，下午三点多我送她去的医院，各项检查都做过，问题不大，也不用动手术。”

路况松动，后面车辆一直按喇叭，示意前车开车。祝海深启动车子，不住地从后视镜里看祝年年。

“确实是爸爸疏忽了，女儿性情大变，我居然没有注意到。你妈妈的直觉是对的，和我说了那么多次，我也从来没有用心听她说。”

祝年年的哭声渐渐缓和成小小的抽泣。被爸爸看着叫“年年”那一下，各种心绪纷繁复杂——对妈妈状况的担忧，对家人的想念，自己的委屈，像堵车一样挤在心口，哭泣好像成了本能反应。

意识到陈静安从后面伸来的手始终在默默拍自己的肩膀安抚，

祝年年回头看了她一眼，为感谢，也为感叹，她比自己坚强。

“下午在医院，爸爸已经跟妈妈说过了，如果这是老天跟我们家开玩笑，不管是难关还是险关，我们都要一起渡过的。待会儿你去了医院，看到你妈妈，千万不要感到抱歉，比起没让我们知道这点，爸爸妈妈更担心你往后怎么办。”

“我知道了，爸爸。”六天以后，祝年年终于喊了“爸爸”。

车窗外天色阴沉，巨大的雨幕挂着，好像永远不会天晴。

雨天行车，路况常堵。祝海深来回从后视镜看车内其余两人，终于想起什么事似的：“陈同学家那边，待会儿我去打个电话，免得他们担心。我看你们两个小姑娘发短信的意思，陈家爸妈也还不知道这事吧？”

“还没有跟他们说。”陈静安答道。

祝海深摇摇头：“这事情实在太匪夷所思了。”

祝年年回头和陈静安交换了一道眼神。祝年年是担忧，陈静安则是抱歉。明明这件事情并不是谁的过错，陈静安却觉得是自己错了，是她太贪恋祝家的温暖，一直不肯坦白，才造成今天的状况。

下午第三节课，她本来打算找祝年年一起去邓晖家查天文学会的论坛，结果班主任先找到她，说她妈妈住院了。听到消息的当下，陈静安还想当然地以为是陈妈妈，下意识地要去找陈长宁，步子来来回回地迈，她才想清楚自己现在背负着祝年年的身份，是祝妈妈住院了。

“你妈妈对这件事感到很害怕，一会儿她问什么，你们就如实答什么。尤其是年年，你陪着她，她会好一些。”

祝年年用力点头。

“你们也真是太胆大妄为了，这么可怕的事情，竟然瞒得我们滴水不漏。我看年年给回的信息，还说舍不得陈家那位男同学……”

祝年年咳了咳。

祝海深视线转向祝年年：“等妈妈情况好一点，我带你们去趟北京，找最好的医生，神经学家，看看这是什么状况。”

“爸——”陈静安脱口而出的称呼在此时变得突兀，好在她反应快，及时改口道，“我们年级组的物理老师是天文学会的会员，他知道我和年年的情况，我是想，能不能先去找我们老师问问？”

驾驶座上的祝海深脸上的神情是陈静安从未见过的严肃，对陈静安的提议，他看起来不为所动，就在陈静安敏感地察觉出这点时，紧随而来的是他更为冷峻的话：“你这是开玩笑吗？一个高中物理老师能处理你们这情况？要是他能处理，这世上还需要医生干什么？”

陈静安低下头，祝爸爸的态度让她不敢再开口。以前听祝年年说祝爸爸当过刑警，很凶，她还觉得是虚话；如今见到祝爸爸这一面，她陡然明白，过去她见不到，仅仅只是借了祝年年的面子而已。

“我不想看医生。”祝年年意识到陈静安的失落情绪，忍不住站出来帮她。

“身体上有哪里不对就要去看医生，没别的办法。”

“你不觉得我和静安的状况，不是医生可以看好的吗？”祝年年的顶撞引来祝海深的意外，祝年年一时心虚，低下头换了语气说，“我相信我们会尽快换回去，像当初换之前的时候一样。”

“尽快是多快？你大概觉得你妈妈是个特别坚强的人。”

“可是如果去北京看医生也没用的话，妈妈不是会更绝望吗？”

“那也先去看了再说。”

祝海深的车驶入医院停车场，车停好后，三人一起下车。陈静安拿了祝年年的伞想给她，却见祝爸爸的伞已经先一步替祝年年遮住雨，两人一起往住院部去了。

陈静安跟在后头，看见祝年年脚上穿着的灰黑色雨鞋，再看看自己脚上这双有防水功能的白色运动鞋，发自内心地觉得，还是灰黑色雨鞋适合自己。

祝海深一路领着祝年年进了病房，陈静安刚想跟进去，祝海深就在门口神情温和地拦住她：“陈同学，你先在外面等等，我怕年年妈妈一下子看到你们俩，会承受不住。”祝海深说这话时是笑着的，却不再是父亲的慈爱笑容。

陈静安也用力笑着点了点头：“我就在外面等。”

祝海深随即点点头进去了，还顺手关上了门。

陈静安在原地僵立了片刻，手上拎着两把伞，其中一把她刚撑过，顺着鞋口在往脚里滴水，提醒她动一动。她转过身，在走廊的墙边有一张长椅，一个穿病号服的病人坐在一头，正漠然地看着她。

陈静安默默走到长椅边，医院的消毒水味和厕所味这时候才涌进她的感官里。她把雨伞放在脚边，再一次看到脚上这双鞋。

忽然有很热的眼泪流出来。

无论她是不是拥有了祝年年的身体，她都不是祝年年。

祝爸爸祝妈妈不属于她，陈长宁不属于她，亲生父母也已经忘记她是谁，天地间，没有什么东西真正属于她。

她从来都是，可以随时被抛弃的那一个人。

等待的时间里，陈静安始终盯着对面的白色瓷砖，眼神放空，脑子里来来回回闪现了好多念头。

陈长宁和祝爸爸祝妈妈都知道互换的事情了，它不再是一个简单的事情，好像除了尽快换回去，实在没有别的解决办法。

真相到底是记忆互换，还是平行时空呢？

正反复计算平行时空里她和祝年年的身份有没有别的可能时，祝妈妈的病房门被打开，是祝年年走了出来。

她脸色轻松，看来祝妈妈状态还好。

陈静安那一颗悬着的心终于放下。

祝年年在她身边落座，笑着说："我妈妈状态还算平静，她担心我们更多。好像人都是这样，更大的问题会覆盖更小的，我们转科、考试的成绩，还有陈长宁的事，她都没问。"

祝年年提到陈长宁，陈静安神色有些不自然。

祝年年看着她的反应，回道："我爸妈在里面还有一些事要聊，之后怎么办还要等等他们商量的结果，我们先聊一聊？”

陈静安低头，似在犹豫，隔了半晌，她低着的头点了点。

“你说你 jealous of 我，巧得很，我其实也很羡慕、很嫉妒你。”

陈静安惊讶地转头看祝年年。

“你有好多比我厉害的地方，坚强、勇敢、聪明、可爱。你特别特别自由，像一只小麻雀；比起你，我像笼中鸟，亘古不变的比喻。”

听祝年年说的话，陈静安心头变暖，随着两人之间默契的停顿，心头那股暖意渐渐入侵，到达心底。陈静安莫名想对祝年年说心里话，埋藏很久的心里话。

事实上，她也这么做了。

“我妈，我是说陈长宁的妈妈，在陈长宁六岁的时候因为生病做了子宫切除手术，他们怕陈长宁一个人太孤单，就去孤儿院领养了我。一开始，他们并不想选我，和所有来孤儿院的父母一样，他们也觉得四岁半的小孩太大了，怕心理不健康，养不好，是我拜托陈长宁选了我。被领养之前，我在孤儿院待了十一天，每天都要被带去见不同的家长，被他们挑选，听他们评价我。我不是故意要记住这些的，可我试过了，没办法忘掉。”

听陈静安这样平静地讲自己的身世，祝年年心中疼痛。她知道开口容易影响陈静安讲述的情绪，便没有多说一个字。

“那些其实都还好，比起我的亲生父母，真的都还好。说实话，我本来已经记不太清楚他们长什么样子，但我记得他们带我去吃肯德基，那是我第一次吃肯德基。他们给我点好餐，说有事出去一趟，当时吃的那家肯德基有特别大的一扇落地窗户，我看着他们走的。那时候不懂，觉得肯德基真好吃，真高兴，根本没想过他们不会再回来。我很快就吃完了一整个儿童套餐，等了一整天，他们都没有来。”

长椅那头的病人不知道什么时候走了，只有两个女孩并肩坐着。她们眼前是白墙，两人都没有看对方，目光早已迷失，去了远方。

“其实我寒假还去找过他们。长大后我查到了我家在哪儿，我去找他们，找到了我亲生妈妈，可她没有认出我，她不记得我了。”说到这里，陈静安兀自笑了笑，“我想，我这个人应该很不招人喜欢吧，大家都不想要我。”

祝年年转身按住陈静安的肩膀，力度极尽可能地大。在这样焦头烂额的时刻，听陈静安以这样貌似无所谓的状态说这样一个沉重的故事，祝年年心里愤怒极了，她丝毫不掩饰自己的愤怒，直言道：“是他们太讨厌，你的父母，那些在孤儿院对你品头论足的大人，是他们很糟糕很糟糕。他们明明都知道小朋友有阴影不好，却根本不愿意花一点点时间和耐心去保护一个孩子。”

陈静安摇摇头，说话声音很轻：“我以前不是现在这种性格的，是陈长宁，他总是对我很坏，总是想要惹我生气，是他把我变得这么暴躁的。”说到这里，她又笑了，“但我其实很感谢他。我知道，他不希望我总待在黑暗的角落里；他逼我，是希望我做个开开心心的人。”

“原来这些你都明白啊。”

“当然，我这个人，很知道别人是不是真心对我好的，”陈静安一派轻松地说，“不然你说你喜欢他的时候，我怎么会觉得天塌了呢？”

“怎么是天塌了呢？”

“你太讨人喜欢了啊。”陈静安耷拉着脑袋说，“陈长宁要是硬要在我们中间选一个，我根本没有胜算，都没有办法生气，一点都怪不着你。”

陈静安的话说得不清不楚，祝年年还想再问，病房门突然响了一下，然后祝海深朝两人走过来。

“妈妈希望你今晚陪她，得去家里拿点衣服。”他对祝年年说。

祝年年从长椅上站起来，陈静安也随之起身。

“年年，你留下来陪妈妈。你们现在这情况，衣服要去陈家拿。”随后，祝海深神色复杂地看向陈静安，“小陈同学一起去吧，正好，我可以见见你爸妈，你们的事，大人来说比较好。”

“好的，祝叔叔。”陈静安乖巧地说，“阿姨没事的话，我可以进去看看她吗？”

祝海深没有马上作答，忽然伸手拍了拍陈静安的肩膀：“走吧，小陈同学，年年妈妈可能，她可能还是，不太适合见到你。”

祝年年立刻向陈静安投来关切的眼神，陈静安回了她一个“没关系”的微笑，之后跟随祝海深的脚步离开了医院。

第十八章

/ 祝爸爸的解决办法 /

H U A H A I

送陈静安回陈家之前，祝海深先往陈家打了电话。陈家那位男同学接的电话，他说爸爸妈妈晚上八点半到家，祝海深便先带两个姑娘吃了晚饭。

到陈家时，终于见到陈家父母和那个长相气质出众的男孩子。

事关重大，因为要避开孩子，祝海深向陈家父母提议去外面找个地方聊，陈家父母相视一眼，说“好”。

三位长辈暂时出趟门，陈静安留下帮祝年年整理衣服。

陈长宁跟过来，眼神很疲惫。

“祝家发现你们的事了？”他问。

相处这么多年，陈静安还是很佩服他的敏锐和聪明，对于他的提问，她只是淡淡地说：“发现了。”答完，她开始在衣柜里找袋子，把祝年年日常需要穿的衣服装进去。

“所以现在是什么状况？你们各归各位？”

“不知道，祝爸爸说要带我们去北京看医生。”

“给医生治，他们只会认为你们是精神分裂。”陈长宁语带暴躁地说。

“那我也没办法，我想过找邓晖，但没有用，祝年年的爸爸不相信一个高中物理老师，可邓晖已经是我认识的人里最能帮到我的了。”

“你告诉邓晖了？”

“告诉了，他是天文学会的会员，说可以查一些秘密资料，没有对大众公布的那种。他让我带祝年年一起去找他，祝爸爸不让。”

陈长宁咳了起来，他一边克制咳嗽，一边语气艰难地问：“你现在这是在做什么？”

“给祝年年收衣服，她妈妈想要她陪床，这会儿她只能穿我的衣服。”

“祝年年陪床，那你呢？去哪儿？”

陈静安动作一停，是啊，祝爸爸没说要她陪，她要去哪儿？

陈静安要去哪儿，她自己没想到，祝海深想过了。来找陈家父母之前，他和妻子商量出一个解决办法。现在，三人坐在一家叫“老铁餐馆”的小包间里，讨论的就是这件事。

“……我们想着，如果医生治不好，两个孩子一直是这种情况下去，我们是打算，让静安到我们家生活。”祝海深看着对面陈长宁的父亲说。

陈廷玉和张筱刚刚得知女儿和别人家孩子互换身份的事，还没来得及消化，也没完全相信发生的一切。见对面祝海深在等回应，陈廷玉看了眼妻子，斟酌着说："或者我们问问孩子的意见？"

"问孩子当然没问题。我会提这个不情之请，主要也是因为我妻子，她有抑郁症史，我很担心，如果两个孩子的状况一时半会儿没法解决，她的抑郁症可能会复发。还有更关键的是，现在你女儿才是真正带有我们基因的孩子。我知道提这种要求很无理……我之前听说，陈静安并不是你们二位亲生的，是领养的，所以……"

"静安确实是我们领养的，但她也是我们一家人用心带大的，我们家从来没有把她当过外人。不是说她不是我们亲生的，就可以随便送人，没这个道理。"张筱忍不住插话道。

祝海深沉默了片刻，说："可是……我是听我女儿说，静安好像很喜欢待在我家。"

陈廷玉和张筱飞快交换了一道眼神，两人一时无话。陈静安和别人家的孩子发生这种怪事，他们却要通过别人家父亲来告知。而且，事情发生足足有六天了，他们夫妇俩竟然丝毫没有察觉，尤其是变成祝年年后的陈静安还来过陈家，吃过张筱亲手做的韭菜合子。那天吃饭时，陈廷玉和张筱都分明感觉到"女儿"不对劲，可他们都没有关心过。夫妻二人感情和睦多年，眼神流转便已知道各自心念，他们此时都清楚，这位祝年年的父亲说静安喜欢待在祝家，或许是事实。

一直以来，太过想要在长宁和静安之间维护一种表面上的平衡以免让静安觉得不被爱，反而使她患得患失，否则这么大的事，怎么忍心瞒他们这么久？

一番思量过后，陈家这边还是由陈廷玉给出答复：“我们回去问问孩子的意见，以尊重他们的意愿为主。”

“行。”祝海深说，“方便的话今晚就问问，我回去可以让妻子放心。待会儿我就不跟您二位上楼了，请告诉静安，我在车里等她。”

“这，静安今晚就要过去你们那边吗？”张筱诧异地问。

“虽然还没跟我太太说，她也未必真的需要静安在身边，我是为防万一。她心脏也不太好，今天晚上，对我们祝家来说，可能是一个很危险的晚上。”祝海深这番话说得诚恳，对妻子和女儿的担忧也显得情真意切。

陈廷玉和张筱相视一眼，没有再多说什么。

陈家这边，在三位长辈讨论解决办法的时候，陈静安已经收好一包衣服，坐在自己原本的床上，一边悠闲地晃着腿，一边环视熟悉的环境，心道：真的比祝年年房间小很多啊。

陈长宁躺在她身边，脑袋下垫着陈静安的枕头。

“如果我就这样回来，用祝年年的脸蛋和身材跟你住在一起，你会不会突然喜欢上我啊？”陈静安突然问。

“不会。”

“骗人。”陈静安翻了一道白眼，“谁不喜欢祝年年这样的大美女。你都不知道我在文科班多受欢迎，情书都收过十几封了，你想想，这才多少天。”

陈长宁低声咳嗽。

陈静安伸手推他：“你别咳在我枕头上，有病毒。”

陈长宁干脆用枕头包住了自己脑袋。

陈静安一松手，满脸嫌弃地说：“你好恶心。”

“陈长宁，你会喜欢什么样的女孩子啊？”陈静安又往床后坐了一些，与地板留出充足的高度够自己晃脚。

“稀奇，你什么时候关心这个了？而且，现在是讨论这个的时候吗？”

“讨论这个还需要分什么时候？何况谈恋爱这种事，总要开窍的。等我们读完高中上大学，都要交男女朋友吧，大学毕业，还要结婚，生小孩。就几年，很快的。”

“你少说点话吧。”

“我不。”陈静安也顺势躺下来，和陈长宁面对面。

陈长宁看了她一会儿，忽然转了个身。

陈静安伸手去扳他的肩膀，企图把他扳过来。陈长宁力气更大，纹丝不动。

“你怎么突然不敢看我了？是不是对我这个祝年年很心动？”

“你再不放手，我动手了。”

“动就动，我还怕你？”

陈静安这边话音刚落，陈长宁立刻一个利落起身，坐了起来。

她睁圆了眼睛看他："嗬！你这身体反应，真的是个病人吗？"

这时，陈家电话响起，一道突兀的声音，让陈家兄妹二人都受了惊，双双走去客厅接电话。

第十九章

/ 邓老师的发现 /

H U A H A I

来电人是邓晖。

陈静安接的电话，陈长宁直接按了免提。

“……3 月 13 日的话，我这边查到一些内部资料，是国内外几个观测站联合发布的。由于只是数据资料，还没被具体验证，天文学会这边只有一些猜测和假设，有些论点是外文，我还找了一些在天文台的大学同学……”

“邓老师，你能不能直说有什么猜测？”陈长宁哑着嗓子打断他。他的粗暴行为引来陈静安的白眼——尽管陈静安本人眼里也是兴奋不已。

“引力辐射。你们如果都对天体物理感兴趣，应该知道，引力波这个概念是爱因斯坦在广义相对论里提到的。迄今为止，引力波的存在还未得到证实，一方面当然是受限于我们现在的科技水平，

探测器无法探测到；另一方面，引力波是爱因斯坦在1916年提出的理论，我们都不知道它是否存在。但是，近几年来，科学界已经掌握越来越多的证据，能够更接近引力波。我刚说的引力辐射，因为超出我们现阶段的科学知识，所以它们只是猜测。事实上，这些辐射的存在不是从13日开始的，也不会仅限于13日这一天，我们在地球上所接收到的任何关于引力波的信号，你们可以想象，大都来自于几千万光年之远，而在浩瀚宇宙中，几乎可能每个时刻都存在中子星合并、恒星坍缩这样能产生引力波的现象……”

“不仅限于13日这一天的意思是，引力辐射还会重新影响地球，陈静安和祝年年可以换回去？”陈长宁再次打断邓晖，和听科学原理听得津津有味的陈静安不同，陈长宁脸上满是焦急。

“我不能给出这种结论，因为我还没法证明两个姑娘之间发生的状况是受引力辐射的影响。不过，以我有限的知识水平来看，这两孩子身上发生的事情，确实只能用时空扭曲来解释。这种互换，可能不只是大脑意识或者记忆的交换这么简单。人类目前对世界的理解仅限于科学家已经证明的理论，比如我们会认为人类的意识和身体是一起的，不能被分割的，或者说，它们是不能做物理上的分割的……”

开门声响，陈廷玉和张筱夫妇回家，两人进门，视线一对上立在柜旁听电话的兄妹俩，陈静安就吓得立刻挂了电话。

“静安，你来一下房间，妈妈有事单独找你。”张筱面色凝重地往前走去。

“哦。”陈静安耷拉着脑袋跟着张筱往主卧走去。

“长宁不用进来。”张筱回身拦住儿子，脸上是不容拒绝的威严。

“陈静安的事，有什么我不能听？”陈长宁急切地问，由于情绪激动，带起一连串咳嗽。

陈廷玉在身后拉他的手臂将他往外带。

“不是陈静安一个人的事，也没有你的事。”张筱分外冷静地说，“一直以来对你们太疏于管教，这才有今天，出了事，还要别人爸爸来家里通知我们。”

陈长宁还想接话，被陈廷玉径直拉回他自己的房间。

张筱转手关上房间门，走到书桌前坐下。

陈静安走向张筱身边的时候短暂回忆了一下，她和妈妈已经很长很长很长时间没有单独聊过天了。

窗外天很黑，下了一天的雨好像渐渐有要停下的痕迹。陈静安低头，听见张筱的一声叹息。

“对不起。”陈静安轻声说。

张筱立刻握住女儿的手：“好孩子，不用对不起，你没有对不起我或是爸爸。一直以来，是我们，尤其是我，太疏忽了。”

陈静安拼命摇头，这不是她想要的，她不想听陈爸爸陈妈妈对她的事感到愧疚，该愧疚的明明是她。

张筱捏了捏她的手以示安抚：“今天，确切地说是刚才，祝年年的父亲和我们说了你和他女儿的情况，关于你们身上发生的怪事，他想带你们去北京看医生，还给我和你爸提了个方案，希望你去祝家生活。”

陈静安受惊抬头。

“他和我们说，你喜欢祝家。”察觉到陈静安有想解释的欲望，张筱及时打断她，“不用急着向妈妈证明什么，也不用解释。说起来，我虽然没有见过真正的祝年年，但看你现在的样子，妈妈也能想象到，你为什么会喜欢祝家。我在很年轻很年轻的时候，也有过想当一个漂亮小公主的梦想，这是很正常的少女心态，静安不用觉得抱歉。你和妈妈说实话，你喜欢祝家吗？”

“我，我……”陈静安结巴了，她的直觉告诉她此时不应该说谎，可她也清楚地知道，如果她照实说，会伤害到妈妈。

“好，我知道你的答案了。”张筱毕竟给陈静安当了十几年母亲，哪怕她再刻意地想把陈静安当男生养，从女儿脸上躲闪又为难的表情里也不难判断出，女儿确实喜欢祝家。

得知这个结果，张筱多少有些伤心。和祝海深告别之后回家的路上，她和丈夫商量过，万一陈静安最后选了祝家，他们也一定接受孩子的想法，怪只怪他们自己没有能力留下孩子。可真到这节骨眼上，陈静安似乎真的很想去祝家，张筱却犹豫了。她斟酌着说：“撇开这些已经发生的事情不谈，我们聊一聊祝爸爸提的方案。爸妈在回来的路上已经达成共识，如果你坚持想去祝家，我们尊重你的决定。不过，有几件事，妈妈要说清楚。第一，你自己要想明白，祝家让你去她们家生活，确实是因为你的这副身体，万一有一天，你们换回来了，你变回陈静安，要怎么办？第二，祝家希望我们尽快给答复，待会儿他送你回去应该就会问起，但我还是希望你能多花一些时间考虑清楚，不管你们能不能换回来，什么时候换回来，你是不是真的那么想去祝家生活？第三，也是最重要的一点，你来我们家之前，我和你爸确实已经有一个亲生孩子，可是，自从我们决定把你领回家，爸妈就已经完完全全把你当我们的亲生孩子了。我先和你说第一第二点是不想让你有选择的压力，但你也要明白，并且确信，爸妈非常非常非常……”连说三个非常，张筱一度哽咽，“还有你哥哥，我们都非常希望你留下。”

手上的热度厚实而温暖，陈静安不堪与陈妈妈对视，低下头，憋住呼吸，不想让自己流眼泪。

她为什么要这么傻，非要觉得别人的爸妈好？明明自己爸妈才是真爱自己的啊。

“好了好了，”张筱起身道，“话就说这么多，咱们家一向不喜欢表达太多感情，一下子说了这么多，妈妈也有点不习惯。你不要有压力，爱哭的陈静安可不太像我们家的陈静安啊。”

好了，“我们家的陈静安”这句话完全戳中陈静安的泪点，她再也憋不住想哭的压力，放肆地哭着说：“为什么要给我取名叫陈静安啊？”

“哈哈，”张筱被她冷不丁的提问逗笑了，“一开始没考虑太多，主要是想让你和长宁有一个听上去就像是一家人的名字。怎么？不喜欢这个名字了？”

张筱伸手给陈静安擦脸，脸上无限柔情：“说来也是怪了，你的脸是别人的，可这小神态，活脱脱就是陈静安啊。这个世界上的事儿，我们还是知之太少了。”

陈静安哭着哭着又笑起来。

她不是一无所有的，她也拥有爸妈的爱，是她太瞎了，没有看到。和祝年年身份互换初期的无限欢乐到此时已尽数消退，也是在真正体验过祝家对女儿公主般的呵护过后，她才终于发觉，自己一直以来都在追求一种想象中的美好家庭氛围，殊不知，这世界上的家庭氛围有千百种样子。她这样粗枝大叶的个性，是在陈家养成的，固然更适合待在陈家。

“好了，不哭了。”张筱安慰道，“祝年年的爸爸还在等你，也许接下来你还有一些情况要面对，不过，只要你说，只要你需要爸妈陪你，我们就……”

陈静安摇头：“祝妈妈比较脆弱，我们一家人去，我怕她会有压力。”

张筱神色意外，继而微微一笑拍了拍陈静安的肩：“是妈妈的错，太粗心，都忽略了，我们静安已经这么懂事了。走吧，妈妈送你下楼。”

陈静安点点头，转身回去拿衣服。

突然，房间门被推开，陈长宁直接走了进来。

他身后跟着陈廷玉，陈长宁进门后，陈廷玉飞快和妻子对了道眼色。张筱没能从丈夫的眼神中读出什么，夫妻二人俱是一脸震惊，同处一个空间里的陈静安也是，完全不明白陈长宁这番行为是什么意思。

“陈静安，你要去哪儿？”他的声音因感冒而沙哑。

“去给祝年年送衣服。”刚和张筱开诚布公地聊完，陈静安面色轻松地朝他举了举手上的行李袋。

“还回来吗？”

“回。”

“你说过，不会离开我，记得吗？”

陈静安被这话引得一阵眼热，眼前是陈妈妈、陈长宁、陈爸爸，一家四口，静默。

是察觉到陈妈妈看她的眼神渐渐变得疑惑之后，陈静安才赶紧接话道：“小时候说过的话，我不记得了，你不要当真。”

“我当真了。”陈长宁说，“我以前就当真了陈静安。”陡然提高的音量扯到他脆弱的嗓子，剧烈的咳嗽瞬间攻占了他。

陈廷玉上前一步给他顺气：“说话就说话，这么急干吗？我不是说过了吗，选择让你妹妹自己做，不要给她压力。”

张筱的目光在儿子身上短暂停留，很快回到陈静安身上。

这探究的眼神让陈静安感到一丝紧张。

“爸，妈，你们能先出去吗？”好不容易缓和一点，陈长宁立刻又说，“我有话和她说。”

“你打算说什么，爸妈都不能听吗？”张筱问。她从一双儿女的反应中品出了一丝不寻常的气息。

“不能。”陈长宁仍旧盯着陈静安说道。

“不能被我们听的话就不必说了。”张筱神色冷峻道，“静安，妈妈送你下楼。”

“你不能替她做决定。”陈长宁说。

张筱停下拉陈静安胳膊的动作，就站在陈长宁面前，一字一顿地说：“你也一样不能。”

母子俩之间的氛围瞬间变了。

陈长宁还要回话，陈静安急忙开口：“我的决定我自己会做。”话毕，她举步向前要走，擦过陈长宁的肩膀时，被他反手一把抓住手腕。

“我们从来都不是兄妹，以前不是，以后也不会是。”极力压制着咳嗽把话说完，陈长宁放开了她。

陈廷玉和张筱夫妻俩的脸色在同一时间裂变。

陈静安抱紧行李袋，逃也似的跑出了家门。

如果心脏可以爆炸，刚才那一瞬间，她人已经灰飞烟灭了。

陈静安跑得太快，张筱终究没赶上送她下楼。

一路踩过积水，她远远看到小区门外祝爸爸的车，抬头再看天，雨完全停了，有巨大的云彩旋涡，像卫星云图上的台风眼，卷集着，越来越大。

此时，她骤然想起刚刚邓晖说过的话，他说引力辐射……不知道为什么，前方“台风眼”给她一种直觉，让她觉得，只要她再跑快一些，就能穿过终点线，回到她该去的地方。

受这股直觉引导，陈静安越跑越快，越跑越快。

第二十章

/ 归位 /

H U A H A I

陈长宁从一股沉重的压力中醒来，头疼欲裂，仿佛做了个漫长而痛苦的噩梦。揭开窗帘一角，外面天晴得像块蓝色玻璃，好像从没下过雨。

时钟显示此刻时间是六点五十六分，陈长宁清了清嗓子，以为喉咙会疼，结果没有。这一个小发现，加上窗外的蓝天，使得陈长宁脑中断裂的链条在瞬间接合。

他飞速起床，书桌上的电子手表显示日期——

2009 年 3 月 13 日。

他下床的时候很慌乱，差点摔倒在地，逃过一劫。穿了鞋，疾步出门要往陈静安的房间去，却没逃过门口一撞，膝盖和门框，骨头对木头，发出闷响，陈长宁一点没停留，心脏跳得发疼。真到了她门口，抬了手要敲，手却抖得厉害，下了狠劲才敲出声。

敲了三下，手抖症状传染到全身，膝盖刚撞出来的疼痛也一起来凑热闹。

房间里面没有声音。

陈长宁又更用力地敲了两下，急着喊："陈静安？"

还是没有声音。

陈长宁没有再等，直接扭开门锁，目光直射向她的床。

只见一个瘦高的身影以鱼跃的姿势跳到床上，动静巨大。她大约被砸疼了，发出闷哼一声，同时忙着用床上的被子卷起自己。

就这样，陈长宁纠缠得如同百叶结一般的心脏顷刻松开，陈静安房间里的阳光蔓延了整个屋子，一如他此时的心情。

"陈长宁，你干吗不等人家反应就闯进来啊？你能不能当我是个女生啊？！"把自己整个裹进被子里的陈静安探出头看他，倒更像一只蚕宝宝了。

陈长宁控制不住地笑了："我去买早餐，今天想吃什么？"

"生煎和小笼包都要。""蚕宝宝"一点也不客气地说。

陈长宁拉上她的房门，笑容幅度越来越大。他伸了个懒腰，终于察觉到，膝盖是真的很疼。

放好早餐，陈长宁等在餐桌边，心情出奇的有些紧张。

陈静安过了七点半才出来。

去买早餐的路上，陈长宁仔细想过一些可能性，关于陈静安和祝年年记忆互换的可能性，以及这件事纯粹只是个噩梦还是真实发生过的神奇现象，他需要求证。

陈静安在他对面落座。陈长宁替她插好豆浆吸管，推到她面前，以此获得一个正当观察她的机会。

她的神情看起来没有什么异常。

陈长宁打开装生煎的餐盒，掰了一双筷子，从里面夹生煎，一只、两只，刚要伸过去夹第三只，陈静安终于用她那双还没掰开的筷子按住他的筷子。

“够了啊你。”

陈长宁看着她的筷子，一动也不敢动。这一切来得太诡异太突兀，他怕到头来空欢喜一场。

“总共才六个。”陈静安嗔怪的声音传来，“谁叫你买半打？爸妈克扣你零花钱了吗？这么抠！”

陈长宁莫名笑了笑，终于舍得松开筷子，起身从厨房拎了一盒新的生煎出来。

“哟呵，你这是成心试探我？”

陈长宁看向陈静安，她正瞪圆了眼睛看自己。他静静凝视了她片刻，直到在她脸上看出闪躲痕迹，才说：“本来这半打就是我的，谁知道你会赖多久床？”

陈静安哼了一声，随后大力掰筷子，照常搓动筷子上的木屑，然后像护食怪一样急不可耐地将生煎拨到自己面前打开，大约是里面的数量使她满意，她脸上浮现出生动的笑意。

那是陈静安才会有的笑容。

陈长宁拿过豆浆杯，把吸管送进嘴里，特大一口入喉，因而吸到了杯底没化开的砂糖，甜得腻人。

他好像今天才恢复味觉似的。

陈长宁骑车载陈静安上学，一路春风拂面。她在后面坐着总不老实，往常他会说她，今天没有，舍不得。

天很蓝，风很轻，去学校的路很通畅，连红灯都没怎么遇上，陈长宁有种劫后余生的幸存感。

“陈静安。”

“什么事？”

“你不是想参加物理竞赛吗？”

“你不是不建议我参加吗？”

“二中今年总共两个名额，一个是一班的林光辉，另一个是你们班的张丰来，都要先进省队。”

“我知道。”

“张丰来是内定的。”陈长宁说。

陈静安没有立刻接话，自行车拐了一个大弯之后，她的声音被风送过来：“我也知道。”

陈长宁紧急刹车，脚落地：“什么时候知道的？”

“你找邓晖那次，我在办公室门口。”

她声音冷静，陈长宁猜不到她的表情，回过身去看她。她低着头，好像知道他会转头，故意避开似的。

陈长宁重新发车。自行车驶进逢春路，一路繁花，他说："还想参加吗？"

"想不想又不是我说了算。"

"不要发泄这种无用情绪，直接说你还想不想参加比赛。"话一出口，陈长宁登时就后悔了，怎么又开始教训她？

后座的陈静安跳下车座，校门口快到了。

陈长宁单手扶车，在前面等她走过来。她耷拉着脑袋，陈长宁看不见她的神情，他想知道她在想什么，却无迹可寻。

两人并行。

"我说我想参加比赛有用吗？"陈静安问。

"如果你想，就去争取。"

"怎么争取？我们家又没有关系。"陈静安语气低沉，"况且就算我争取到名额，我没你厉害，也没一班林光辉厉害，跟张丰来对打，有时候也输，就算争取到可以入省队，也不一定能打进总决赛，更别提奥赛了。"

陈长宁想：她以前不是这样的。以前她总是把事情想得很简单，欠考虑，他也因此总要教育她，说她天真、空想。

"唉，你别假惺惺又装好人了！"陈静安话锋一转，突然生气地瞪了陈长宁一眼，拽了拽书包背带，径自大跨步往前走了。

陈长宁望着她的背影，早上的疑虑重新浮上来。关于过去六天不知道是否真实存在的"经历"，陈静安是不是也有参与，不然，她为什么好像多了一点点变化?

带着这些疑虑，陈长宁扶着自行车去停车棚。这个时间点车停得太满，他不得不走去更里面的地方寻找空位，一路沉浸在思索里，没注意周围。等他停好车转身，不料遇到一个意外的人。

祝年年背着手，面色紧张地看着他。

这个场景太过于熟悉，陈长宁一眼就看出她的目的，可由于对方是祝年年，他的心中莫名有些说不上来的情绪，这股情绪促使他决定不像往常那样冷硬。

“请问……”

“你好，陈长宁……同学。”祝年年抢断他的话，她的面色在瞬间变得潮红，随后，她背着的手转到陈长宁面前，是一个浅绿色的信封，“这是，是我给你写的信，请你……”这时她低下头，手却仍举着。

陈长宁下意识地伸手接了她的信，引得她重新抬头，满目震惊，好半天没有说话。

“我收下了。”陈长宁笑着说。

祝年年大约是难以置信。陈长宁等了等，等到她说：“可以拜托你看一看这封……信吗？”

“好。”

“那，谢谢。”祝年年捋了捋头发，随即后退一步，“我去，我去上课了，再见。”她笑着冲他挥了挥手。

“再见。”

有些事情急需求证，目送祝年年离开后，陈长宁在停车棚就打开了她的信。

幸运的是，求证过后，他得到了肯定答案。

第二十一章

/ 两封信 /

H U A H A I

陈长宁，你好，我是祝年年。

认识你，是在四百二十五天以前，那时，我刚上二中，对这所学校的一切都很陌生。认识你是在一个冬日的星期一早晨，阳光不那么刺眼，学校里香樟树的叶子被晒得油光发亮，我从喜报栏前经过，看到一排物理竞赛奖的得奖名单，那么多名字，其实很难记住谁，可是就那么巧，路上忽然有人喊你，你从我身边跑过去，带起一阵微微的暖风，藏在冬天的寒风里。我不仅记下了你的名字，还记下了你的样子。

认识你之后的四百二十五天里，我做了很多很傻的事情。我爸爸每天送我上学，我每天上学放学都盼望能在校门口遇见你，谁叫我们不在同一栋教学楼上课呢。你不知道，我每天都会记录，像古人记录星象，史学家记录历史一样，记录遇见你的次数。就在准备

给你写信之前，我数了数我的记事本，认识你四百二十五天，我遇见过你一百一十三次，还没到一半的概率，如果除去寒暑假，好像概率会高一些，上天对我挺好。告诉你这些，并不是想给你压力，虽然我很希望收到你的回信，但我也接受你的不予理会，请你相信我不会因此感到怨怼。

认识你四百多天，为什么会选在今天给你写信呢？说起来实在源于我最近的一个奇遇。在奇遇之前，我对自己的人生是满意的，时时处在幸福中，或许在常人眼里，这是让人羡慕的生活，我自己当初也这么觉得。是因为这个奇遇，我发现，这世界有太多不可知的东西，它们会在意想不到的时间和场合突然出现，撼动你对自己的认知，对周围的认知。我意识到自己所拥有的一切是流动的。虽然幸福，但它是脆弱的、易变的。我想，经过这场奇遇，我变坚强了一些，懂得保护自己在意的人，也明白幸福需要守护。

不知不觉扯远了，我想，我说的这些复杂感受你应该很难理解。其实，哪怕在十几天前，如果要我给你写信，都绝不会有这么多莫名的感悟。不过，如果时光和记忆真的回到最初，我也许根本不会有勇气给你写这封信。

不，这不是一封信，我想更直接地指出，这是一封情书。

在正式表白之前，我想借用一句屠格涅夫的话。他说，如果我们总在等待绝对的一切就绪，那我们将永远无法开始。

我知道还有不到一百天你就将面临高考，我也清楚，无论这封信你是否会看、会回，我都将感到忐忑不安，也许很长一段时间都会沉浸在这种情绪里。我还是想对你说，我喜欢你，很喜欢。

我想，你应该会觉得我唐突、肤浅，因为我们甚至没有说过话——虽然在我的奇遇里，我们其实已经是朋友，但不重要。回到真实世界，我想说，或许最初注意到你，是因着这样那样肤浅的理由，抑或一点女生的虚荣心，我不能否认，可是促使我给你写这封信，并且亲自送到你手里，是有更珍贵的理由的。

你有高尚的品质、坚韧的毅力，在更多同龄男生还在痴迷无聊游戏和读物的时候，你有更广阔的向往和天地。我去过你的书房，看过你的书架，你在那么多书里留下的便笺纸，写满了浩瀚和深远，智慧和广博。我知道，当我开始向往和你一样，我便找到了能促使我变得更好的动力。我想和你一同在这个神秘的星球探险，想和你一起去看山河大海，想和你交流，和你讨论，想做聆听你的人，也渴望被你聆听。

我必须搁笔了，我意识到自己内心的贪念会一发不可收拾，我怕它吞噬我，我怕它惹你讨厌，我是这样小心翼翼地喜欢着你啊。

盼望你的来信。

祝年年

给别人送的情书写回信，是陈长宁过去从未做过的事。因为太过陌生，所以他花了一段时间在脑中打行文草稿。

打草稿的过程异常艰辛，像原本只是想拔掉手上的倒刺，不料力道失准，撕扯出一大片带红的血肉。

打草稿的过程很难，真正下笔，陈长宁却觉得格外轻松。他很快写完回信，碍于手头没有好看的信封，他顺手将祝年年的浅绿色信封拆开，翻了个面，用胶水粘好边线，做出一个新信封，陈静安是在这个时候推门而入的。

陈长宁下意识地想要收拾掉桌面上的东西，又怕会欲盖弥彰，只好徐徐折起信来。

“你应该学会敲门，否则门存在的意义是什么？”他将折好的回信装进信封。

陈静安在他床边坐下：“给谁写信？”

“一个朋友。”

“这么少女的颜色，是情书吧？”

陈长宁停下动作，转头看她。她双手倒撑在床上，扬着下巴，眼神里有戏谑，还有一些别的什么。陈长宁才整理完对她的各种隐秘情感，没防备，不经意被那些别的什么卷进去，像是黑洞，巨型恒星坍缩后的天体，无边的引力拉拽着他，他特别想知道她在想什么。

“是情书，怎么了？”他忽然说了句不知道为什么要说的话。

陈静安眼里滑过短促笑意。

几分钟之前，为了酝酿情绪写回信，陈长宁特地关了房间里的灯，只有书桌上的台灯亮着，他喜欢昏暗一些的颜色，因此调了阅读模式。陈静安还是那样缩着肩、昂着头看他，似乎好多念头从她眼睛里溜走，遗憾的是，他一条都没抓住。以为陪伴了她长大，理所应当地能读懂她所有的心思，仔细回溯起来，却不知道是在哪个时间点错过了什么，他开始不懂她了。这让陈长宁感到不安，极其不安。

“祝年年给你送情书，我们班有人看到了。”她笑着说，“怎么样，收大美女的情书，是不是超级爽？”

“你觉得呢？”

“所以你是给她写回信？”

“是。”

大约是没想到陈长宁会这样诚实，陈静安愣了片刻，在他持续的探究眼神下，她神色轻松地说：“没见你给别人写过。”

“确实。”陈长宁转回头，从桌上拿了胶水要封口，斜侧里突然伸来一只手，直冲信封而来。

陈长宁的后背瞬间爬满冷汗，身体反应比大脑反应更快，抢在陈静安得逞之前，陈长宁直接站起身，手中的信因而到达陈静安抢不到的高度。

陈静安不是轻言放弃的人，他越不想让她看，她越想看，一番猫和老鼠式的攻防战完全是意料之中的事。

争着抢着，到最后，两人的作战区域还是回到床上，像往常一样。陈长宁躺着，手中拽紧信封，压放在背后，陈静安推不动他，自然也抢不到信。

“给我看下会死啊？”

陈长宁闭上眼，点点头，心道，会死。掌心下的信封在争抢中起了褶皱，他试图用大拇指压平。

“不就是郎情妾意，你俩对上眼了呗，我又不会告诉爸妈。”

“陈静安，你的字典里有‘隐私’这个词吗？”

“没有。”

“那你现在加上吧。”陈长宁默默喘平呼吸，“这是我的隐私，你应该明白，爸妈也没权力要求我给他们看。”

陈静安没说话，只有呼吸起伏声证明她的存在。

明明他们经常这样扭打，往常，陈长宁不会多想的，他发誓。可是，在刚刚那样的内心剖白过后，这一切原本平常的状况，骤然变得令人难以忍受起来，不，也不能说是难以忍受，仅仅只是难受。

“是不是……你也喜欢祝年年啊？”漫长的沉默煎熬过后，陈静安忽然问。

她的语气里满含试探意味，那种他以为在她身上不会出现的意味。察觉到这点，陈长宁感觉自己身上有个部位被钢丝划了一下，传来纤细而锐利的疼痛。

不知道什么地方的肌肉在微微发着抖，陈长宁找回自己的声音，尽量让自己显得平静：“你没别的事了吗？”

“看完回信我就去做别的事。”

“如果我坚持不给你看呢？”

“为什么要坚持不给啊？我都说了，我不会嘲笑你，你要是真的喜欢祝年年，我一定把她当我亲嫂子！”

纤细的痛感消失，取而代之的是一阵钝痛。陈长宁睁开眼，脑中慢慢清明，他坐起身，认真地看向陈静安。

“我的信是我的私事，当我说‘不’的时候，你应该要学会尊重我的意愿。”

陈静安浑不在意的情绪在顷刻间收敛：“不给就不给，干吗突然要搞这么严肃？尊重你的意愿？行啊，那以后我的事，我说‘不’的时候，也麻烦你尊重下我的意愿。”

说完这些，她径直起身，头也不回地出门了。

大概是很生气，摔门的声音有些大。

陈长宁躺回床上，看着台灯照耀下昏黄的天花板，渐渐失神，为什么明明决定好好修缮和她的相处关系，却总是不欢而散？以及，那段他和祝年年共同经历的“奇遇”，陈静安到底有没有份？他应该问出口吗？

一向擅长解题的陈长宁解不出这些题的答案。

祝年年，你好，我是陈长宁。

你的信我很认真地看完了，谢谢你对我的喜欢，很荣幸。

关于你说的奇遇，我坦白，我知情。如果可以，有个不情之请，还是请帮我向陈静安保守这个秘密。

按理说，我应该为了照顾你的感受，尽可能少在这封回信里提及第三个人，或者该说，那是你想象中的我，应该会有的风度。很抱歉，我不算是一个严格意义上的好人，我知道这样大约会让你失望，但若避而不谈，无异于欺骗，更像混账。

父母领养妹妹时，我已经能够独立思考许多事情。他们问我想要一个怎样的妹妹，我那时没有回答，现在想想，我倒是有一个很明确的答案——像你这样就好。

你说的那段奇遇发生时，我过得非常不好，和你不同。即使在那之前，我也从不认为有什么事情，或者什么生活状态是稳定的、不变的。正因为怀揣着这样坚固的认知，我很早就学会筹划，使用一些办法、技巧，除了用于学习，也用于其他。

其实陈静安对我的评价更准确，我是个阴险狡诈的人，我从不否认。人在世间所得，遵循能量守恒，若非天灾人祸不可抗力，任何收获都源于付出。收到你的信之前，我没想过要对任何人坦白内心，因为这份内心，在常人眼里，是扭曲、不合伦理、没有道德的，它会为很多人不齿，甚至会伤害我的父母。

可是，我并不在意。我们不应该低估人类的韧性，也不应该高估他人的重要性，当然，父母是例外，若将来与他们有嫌隙，我愿意用一生去修补。此外，没人可以干涉或者影响我。

写到这里，想必你应该明白我的真实内心。

对，我爱陈静安。我说不清楚这个念头是从什么时候开始的，对陈静安的感情太过久远，混合了太多不可告人的隐秘。我曾经尝试埋藏这个秘密，独自吞咽，想过等各自成长，各自成家，那些“肮脏”的念头或许能被淡忘。

事实证明，我做不到。

我不能失去她。比起你，她实在很不好，外表看上去神经粗脑子不好，可是内心胆小又卑怯，面对她，我总是失控，她能轻易牵引我的情绪。你也许觉得我是因为她的身世心疼她、同情她，我不能否认，我对她复杂的感情里有这个因素。我很清楚，自从陈静安出现在我的生命里，我就只想和她一起走到时间的尽头，没打算陪她看星辰大海，聆听或被聆听，只是简单地跟她在一起。

写到这里忽然想到，她刚来我家时，怕跟我们相处，更喜欢躲在房间柜子底下，皱着眉头，防备又小心地看着我，当我第一次把手伸给她，她似乎犹豫了一下，但还是默默伸手牵住了我。我记得那个感受，她的手心有汗，很软，但她抓得我很紧，很紧。我不知道当时身为一个六七岁孩子的我，怎么会有那种奇怪的感受，但确实，那一道小小的力量，让我觉得自己很重要。

我相信你大约会懂会理解，那是人在世界上很难找到并且确认的存在感，我的存在感，是陈静安给予的。

这就是陈静安和我，以前或以后，我都想做她生命里最重要的那个人。

最后，还是想对你说谢谢。我知道表白被拒绝是一件难以承受的、伤自尊的事情，尤其是这样优秀的你。但我相信，一如我和陈静安能轻易在你身上发现美好、纯净，这世界一定还会有其他人发现。我不能自私地要求你尽快好起来，但我由衷希望，这样伤自尊的情绪不会影响你的学习和你未来更灿烂的人生。

祝好。

陈长宁

最终章

/ 多年以后 /

H U A H A I

北京这几天下雪，祝年年公司在国贸，幸而租的房子在附近，她可以步行上下班。北京的马路和家乡不同，笔直而通畅，她可以隔很远就看到自己住的那栋楼。

雪气弥漫，街灯敞亮，路上行人不多，都在匆忙赶路，她偶尔抬头望天，夜色好，可以看到星星。高中以前，星星在她的意识里都是浪漫而神秘的；高中以后，她开始相信，这世界上还有很多很多人类力量目前无法触及的领域。诸如天幕上这群星星，谁也不知道它们已经消失了多久，抑或是，依然在很遥远很遥远的地方默默存在着。

想起陈长宁和陈静安的时候，像是某种神迹降临，迎面走来一个人，祝年年只用一秒钟时间就认出了她。

“哪里有什么巧遇，我是特意来找你的。”十分钟后，两人找到一家咖啡店，在一个僻静的角落坐下后，陈静安摘下围巾和帽子，言笑晏晏地对祝年年说。

“你怎么会知道我在这里？”

“向同学打听的呗，一直知道你在北京，就是我也一直很忙，在出差，最近刚回国，一回国就来找你了。”陈静安说。

一通礼貌的打量过后，祝年年在陈静安身上看到了变化。当然，她的样子还是高中时英气十足的派头，短发，瞳孔漆黑透亮，看人的时候显得真诚而专注，只是十年过去，她的气质变得沉静了许多，记忆里那种毛毛糙糙的感觉几乎已全数褪去，大抵是投身科研，做了学问研究，强大的知识底蕴带来的变化吧。祝年年默默地想。

“怎么会突然找我呢？”晚上不方便喝咖啡，祝年年特地点了一壶水果茶，服务生将茶送过来，她先给陈静安倒了一杯。

“不是突然找你，我其实找你很久了，之前……”陈静安在此停顿，脸上浮现出些许不好意思。

祝年年冲她轻松一笑，示意她有话直说，不必有太多顾虑。这之后，她才接着说：“陈长宁不让我直接找你。”

听到陈静安嘴里的陈长宁，虽说想到会是这一层，但祝年年倒茶的手还是不受控制地卡顿了一下，她很快笑起来，将茶壶放回桌上：“为什么？”

陈静安耸了耸肩：“他这个人，行事过于谨慎。我是最近……我们不是搬到北京吗，就从老家寄了很多东西过来，你当年给他写的信，陈长宁其实还一直收着。”说到这里，陈静安又有些不好意思似的，摸了摸鼻子停下话头。

“没关系，你尽管说，高中的事情毕竟过去十年了，十年，很久，可以让人忘记很多事情。”祝年年宽慰地说。

听她这样说，陈静安大舒了一口气，忽然又自顾自地笑了。在祝年年疑惑的眼神下，陈静安看着她，说：“你和高中的时候一样，一点都没变。”

“怎么可能一点没变，你太夸张了。”

“我不是说你的长相气质，”陈静安笑着摆手道，“我是说，我看到你的时候，跟你讲话，面对你，就还像高中那样，你总是让人……怎么说呢？好像不自觉地想要变得温柔，不忍心对你讲重话。”

祝年年对陈静安说的话有些意外，虽然暗暗知道自己在人前似乎是这种形象，但还从来没有人这样直接地对她说过。想到这里，祝年年不禁笑了，虽说十年没见——那件事以后两人也没再打过交道——她们此刻坐在这间咖啡店里，却还能像两个曾经交好的老友那样聊天，只是因为，陈静安太真实，太无所保留，很容易让人卸下世故的防备心，跟着她的节奏走。

反观自己大学毕业进入社会这几年遇见的人，当然也有进入过亲密关系的恋人，身上或多或少都带着社会气息，或者像陈静安说的，他们总是不忍心对她说过分的话，下意识地想要保护她什么似的。可说实话，那都不是祝年年真正想要的，或者说，不是能让她真正感到舒适的人际交往。思及此，祝年年心下倏地了然了许多事情——过去总也想不明白的事情。比如，她好像更喜欢真实、真诚的人，就像陈静安，就像陈长宁。

“谢谢。”诸多念头转完，她回给陈静安两个最简单却最合适的字。

“听说你大学毕业就进了这家杂志社，工作还顺利吗？”陈静安啜着水果茶问。

“还算顺利。”祝年年道。

“真遗憾，我们明明都是在北京上的大学，居然没有联系过。都怪我，不敢主动来找你。”

“今天你不是主动来了吗？”祝年年朝陈静安递去微笑。

“也真是我运气好，打听到你的上下班时间点，我其实在这附近蹲了你好多天，今天才碰上而已。”

她的话让祝年年感到诧异：“为什么不直接打电话找我呢？”

“我怕你不接啊。”陈静安垂下视线，“我也是前几天问陈长宁才知道，他当年给你的回信，很残忍。”

以为自己对陈长宁的眷恋已全部放下，祝年年未曾防备，乍听到“回信”二字，熟悉的心绞痛击中她，让她瞬间回到高二那个晴朗却忧伤的春日。她记得，看完回信的自己偷偷躲在房间哭了一整天，后来漫长的一个月，甚至更长的时间，她都被那股混杂着三观倾覆的震惊和被拒绝的失落的复杂感受影响着。为了不让爸妈担心，她还要极力掩饰自己的状态。她记得自己那段时间过得特别特别辛苦，原本每一天都满怀期待爱去的学校变得像地狱一般难以忍受。

最后，还是文学拯救了她。她开始读更深邃的文学作品，马尔克斯、普鲁斯特，还找了一些哲学书来翻阅，随着陈长宁毕业离校，她的伤才缓缓愈合。只是，人生第一次鼓足勇气去表白的人，最后给了她那样的回应，使她后来的爱情观发生了极大变化。她变得更加被动，上大学、进社会所谈的每段恋情，都是被动开始，又因为她太过被动而结束。

陈静安和陈长宁的故事，尽管她极力规避去了解，消息还是无孔不入地透进来。即使陈长宁是那个在年少时伤她心的人，她还是在很多次想起这对“兄妹”的时候默默祝他们幸福。

“对不起，我是不是又说了不太恰当的话？我来找你之前，陈长宁其实反复提醒我了，如果……”

“没有，你们总把我想得很脆弱，其实我真的没有。”祝年年目光坚定地对陈静安说，“所以，你最近特地蹲我找我，是为什么呢？”

这个问题过后，陈静安眼里升腾起一些闪亮的东西。她真的有一双很漂亮的眼睛，像孩子那样纯真，祝年年由衷感到羡慕。反倒是自己，大学毕业进入梦寐以求的杂志社工作，以为人生会有璀璨的新开始，结果并不是。媒体工作面临太多世事纷扰、人际纠葛、利益往来，近两年她时常感觉自己就要在这些复杂的事项中迷失，而她却根本找不到出口。日常生活被采访、写稿、浏览量绑住，她甚至没有时间保持阅读习惯。周围那群曾经热血有志、满怀抱负的同事也都在这种无法逃脱的环境里选择了更安稳的去向——一脚踏进婚姻，他们结婚、生子，重新投入世俗循环，为孩子而奔走，又为操心孩子的未来而在工作上将就，这种一眼看到头的生活着实让祝年年感到了无生趣。

“奇遇。”陈静安的回答将祝年年从一堆绝望的烦恼中揪出来，眼神发亮地说，“你在信里说的奇遇，你还记得吗？”

祝年年点点头，满脸不解地看着她。

“你是不是以为那是梦？”

祝年年想点头，又摇了摇头，事实上，她不太确定。上大学时，她和好友分享过那段真实得令人发慌的经历，好友说那一定是梦，是早晨的梦，早晨的梦距离睡醒状态比较近，所以能被记住，还能让人感觉特别真实。

“哪怕陈长宁跟你说，他也在那段奇遇里，你仍然觉得那是梦吗？”陈静安又问。

祝年年点头。当年表白被拒的感受过于沉重，陈长宁给她的回信她都没敢看第二遍，自然也就忽略了信中其他的信息，加上她醒来之后，母亲并没有躺在医院，没有抑郁，父亲也像是什么事都没有发生过的样子。总之，祝年年确实很快把那件事真实存在的可能性忘了，记忆里仅仅只留下美好梦境这一段。如今陈静安再度问起，她感到好奇，忙问：“那段奇遇，你也，你也在其中吗？”

陈静安用力点头：“我也一直以为是梦！直到看到你的信！”

祝年年大惊不已："所以，我们俩交换了梦境？"

"不是我俩交换了梦境，没这么简单。你想想，如果只是我俩交换了梦境，陈长宁算什么？他明明也在那件事里。"

这完全超出祝年年的认知水平，她实在不知道该说什么。

"当年那件事发生后，我本来以为只有我俩、陈长宁、我爸我妈，还有你爸你妈知道，其实我在刚上大学的时候，就委婉地向我爸妈求证过这段记忆，可惜他们都不记得了。看到你给陈长宁写的信之后，我和陈长宁对过细节，发现我俩记得的事情是一致的。后来我仔细想了想，这件事，还有一个人知道过程。"

"是，我？"祝年年茫然地指向自己。

"对，是你，但是除了你之外，还有一个人。"

"谁？"

"邓晖。"

祝年年不知道邓晖是谁，她想当然地认为，陈静安和陈长宁要求证"奇遇"的存在，应该第一个找她才对。

大约是猜到了她的疑问，陈静安紧接着说："没错，按理说，我也觉得应该先找你的，但陈长宁不让，他总觉得不应该打扰你，所以我们才先找了邓晖。他不是别人，是我们高中的物理老师，高中毕业之后，他和陈长宁一直有联系。陈长宁不知道那段奇遇我也记得清清楚楚，就也放下了这茬，直到……"

"我那封情书出现。"祝年年接过陈静安的话，她想让陈静安在这件事上放轻松，于是主动提起，以表示自己不在意。

“对。”陈静安眼睛里露出笑意，“我们先对过细节之后，赶紧找了晖哥，你猜怎么着？晖哥竟然记得这件事。他也一直以为是个梦，可能因为他自己对物理、对神奇事件很在意，所以没像我们的爸妈那样尽快忘记。他后来还把这件事记在日志里，我们问他的时候，他把日志发给了我们，完全坐实了这件事存在过的可能。是有了这些佐证，我才来找你的。”

祝年年彻彻底底被她的话震惊了。

时隔十年，在陈静安的引导下，祝年年开始逐条逐步地和她对当年的细节。说来奇怪，原本以为自己已经彻底忘记，可重新再以类似访谈的方式提起时，祝年年竟然又将往事全部记了起来。只是早几年，回忆这段奇遇是会让她心痛的旅程；现下，伴随着陈静安越来越亮的目光，以及陈静安语气中对这段奇遇的重视度、兴奋度，祝年年也像被感染了似的，仿佛枯燥繁复的生活里透出一丝异样的光线，星辰宇宙朝她裹卷而来，她的心情完完全全地舒展了。

“……我和陈长宁对这个奇遇的结论不同，但我们的结论可以归纳在一起。按人类现在对梦境的探究，多关乎脑神经领域，像我们日常做梦，明明可能就隔了几个小时，我们醒来之后也会立刻忘记梦中的内容，这种规律性的遗忘，目前并没有找到更准确的结论做解释，我们顶多只能说，这是大脑的自发运作。这一点是陈长宁的看法，我的看法比较宏大一些。我坚持认为，当年发生在我们身上的事情，应该不仅仅是个例，也就是说，发生记忆互换、身份互换这种事，可能不止在我们之间。我的猜想比较诡异，我甚至认为，这种事情可能日常性地会发生在人类世界里，至于发生这种事情是受了什么影响，地球外的天体还是地球内部本身一直存在的某种自然规律，我们还没有办法证明。我是结合了陈长宁的观点，觉得似乎存在这种可能，即，地球上两个独立个体的人类，时刻存在记忆互换的可能性，但是这种互换是有时效的，就像我们当年是六天，时效结束，这两个人会换回去，但由于换回去的时间点正巧是在他们互换的时间点，所以，这种真实发生过的事件很容易被误认为是梦。再加上，陈长宁说的，我们的大脑好像有一套自发的处理机制，它们也许会把这种明明真实发生过的事情归纳为梦境，以至于发生交换的两个人，会认为仅仅只是做了个梦。在此之外，邓晖还为我们提供了一个新思路——其实他提供了很多思路，就这个比较有意思——他认为发生在我们身上的交换之所以能被我们记住，记得这么清楚，很可能在于我们两个是例外体，因为我们持续的交换期比较长。”

坦白说，陈静安这一段长长的推论，祝年年没听明白，唯一进入她理解范畴的仅有两个字——“例外”。陈静安说她们两个是例外，这让祝年年不得不感到奇怪：“为什么只有我们两个例外？”

“这只是晖哥的猜想。他觉得，如果这种记忆互换、身份互换不是受突如其来的外星引力或者磁场影响，而是地球内部广泛存在的规律性事件，那么为什么从来没有人发现这件事，从来没有理论提出这个猜想呢？所以，他认为，我们身上的奇遇受外星引力影响的可能性更大。假若不是外星影响，那我们也是例外，可能别人只会记忆互换三十秒、一分钟，或者最多一个小时，互换时间太短，不足以构成一段记忆，所以才更容易被人当作梦境，继而遗忘。”大约是为了照顾祝年年的理解力，这段话陈静安放慢了语速说。

祝年年还是一知半解。她工作的这家周刊杂志社，是在互联网和自媒体冲击下，仅存的几家老牌杂志社之一。按理说，做媒体的，对各个行业和领域都很熟悉，是内容上的“杂家”，然而今晚和陈静安的一段对话，切实地让祝年年感觉到，她所在、所见、所感，不过是所谓世界的一个窄小切面而已，稍稍越过这个切面，天地还很大，很大。

她确定，她被鼓舞了。她无法向陈静安表达这种内心的东西，一是和陈静安确实还没熟悉到那种程度，二是她已经不太习惯和人坦诚内心，当下的聊天场合也不适宜说这些。

后来的时间，陈静安给祝年年做了一些科普。引力波的发现和证实尽管祝年年已经知道，可陈静安的解释更加准确和专业，祝年年受益匪浅。两人分别前终于留下各自的联系方式，相约下一次的畅谈。

告别时，祝年年问陈静安：“我们身上发生的事情，能尽快得到结论吗？”

陈静安笑着摇了摇头：“今天找你出来，能够证实这件事确实发生过，我已经很满足了，至于接下来的研究，只怕会是漫长而反复的过程。小时候我觉得科研是很简单的事情，像做理科题目一样，一道题只有一个答案，这也是我喜欢理科的原因。现在，自己学这个，做这个，我才发现，科研是无止境的，我们拿到一个题目，可能毕生都不一定解得出答案。”

陈静安说完这话抬头看了眼天空，细细的雪花在夜空中飘舞，不影响天上的景色。祝年年也顺着她的视线抬头仰望，感觉自己得到了一把钥匙，神秘的、可以解开心灵困境的钥匙。

“唉，”陈静安叹了口气，“人类在宇宙面前，还是太太太渺小了。”

祝年年被她夸张的语气逗笑，肩膀上包带往下滑落，她下意识地伸手去扯，错眼间看到咖啡店外台阶下的人。这人穿着一件黑色长羽绒服，裹了一条蓝色围巾，在小雪飘飞的夜景下，他一下就和她对上了视线。祝年年以为自己会慌会乱，却没想到抢在这之前，陈长宁先点头对她笑了笑，面容皎洁，像一轮明月。

祝年年紧张拉拽包带的手瞬间松弛下来，随后，她也冲陈长宁点头一笑。十年的时间，像落在地上的小片雪花，飞速融化殆尽。

察觉到祝年年表情的变化，陈静安顺着她的目光往下看，在看到来人的那一刻，她脸上很快浮出一缕柔情，是祝年年想象不到能出现在陈静安脸上的东西。

“陈长宁，你怎么来了？”陈静安笑着问。

陈长宁这时已经走到两人近前，他的眼神定焦在陈静安身上，目光温柔，语气和缓：“接下你。”

“来得正是时候，我和年年就要分开了，你赶得巧，就打个招呼吧。”陈静安热络地说。

陈长宁于是将目光转向祝年年。

两人离近了，祝年年忽而又有些紧张，说不上是为什么，大约他的形象与高中时期几乎没有太大变化，还是让人感觉是个锐利的少年。总之，祝年年只是很拘谨地挥挥手，简单说了声“嗨”。听到陈长宁同样简单的回应之后，她连忙抬手看表，又看了眼天空，说：“太晚了，外边冷，今天就先回去了。”

“好，再见。”陈长宁说。

祝年年微微一笑对他点头，抬步正要走，身侧陈静安拉住她的手，祝年年不解地朝她看去。

“改天要再约哦。”陈静安说。

等祝年年点完头，她才放开手，又笑着举起手挥了挥：“路上小心。”

祝年年回她以同样的笑容，终于迈步离开。

走了很久，依然感觉到身后的一双目光，祝年年将双手插进风衣口袋，想象着他们的表情，而后发散思维想到他们现在的状况，以及这十年来他们之间的故事，不禁有些唏嘘。

宇宙固然很广袤，人类固然很渺小，但是爱情，真的是渺小人类所能拥有的最大力量。

啊！不论是十年前还是现在，她都好羡慕陈静安啊。

番外集

交换之前和之后的事

番外一

/ 十六岁的生日 /

过完正月十五，按爸妈的说法，年就过完了。

陈静安对爸妈说要跟田野去书城，实际一大早独自搭远郊车去了雾山镇。雾山镇离市区不远，加上年节刚过，一路畅通，不到一小时车程，镇公交车总站就到了。

模糊的童年记忆里，有模糊的小镇味道，陈静安站在车站旁举目四顾，几次被行人推搡，只闻到冬日泥泞的郊区气味。

数一数，她在市里待了十二年，记忆真的被清空了。

和镇上其他人家一样，丁家也是连排的自建楼。陈静安小时候常在街坊四邻里奔跑，即使过了十二年，忘记了很多事情，也是找了很久才找到这个镇子，但真走到镇子上，她仍能记起丁家小楼的大概位置。

一排自建楼，丁家在最里面，旁边是小镇粮油批发部。陈静安对批发部印象很深，她记得批发部老板是个肚子很圆，常叼着烟搬货的大叔。陈静安循着记忆线索往批发部走，手不自觉地拽紧肩上帆布袋的带子。

十二年后再回雾山镇，陈静安发现镇子变小了。记忆里，从公交车总站回家，要跑很久很久。那个时候，爸妈来找玩得忘记回家的自己，暮色下，他们一路喊着她的名字，那样担心的语气神情，至今会让陈静安胸口窝着疼。

没想到十二年后重走回家路，前后竟然只用了二十分钟。

陈静安先看到批发部，批发部如今已改名叫超市，门口还是摆满了粮油货品，地上遍布红色爆竹屑。她脚步迟滞地往前迈，走过一排食用油，她看见一个老人坐在一张矮方凳上，一身厚重的紫色碎花棉袄，头发花白，动作迟缓地抬头朝陈静安看来。

陈静安惊得倒吸了一口凉气。

她记得这个老人家，批发部老板的妈妈。陈静安小时候玩闹摔倒在路边，是眼前这个老人家脚步飞快地冲上去抱起她，怕她受惊，还会哼哼唧唧在她耳边说些奇怪的话。

陈静安攥着包带，在走向老人家的三四个步子里，尝试了好几次要开口，可直到彻底走过老人家，她也没能说出一个字来。她完全不知道要跟老人家说什么。

真没用。陈静安低头骂自己。

她为自己的胆小感到郁闷，一时忘了，前面就是丁家。

来雾山镇之前，陈静安想象过无数次见到亲生父母的情形。她那时看电视剧，分隔再久的父女或母女再见面，都会立刻认出孩子的模样，他们会立刻涕泗横流地拥抱在一起。

她也想过，现实也许不会这样温暖，她的亲生父母也许不想认她，不过即使这样，父母应该也还是能从人群中一眼认出她，他们会露出后悔、内疚的眼神。

可当她从批发部走到丁家三层小楼门口，刚意识到自己此行目的地已到时，一楼大堂屋里就走出一个端水盆的烫发女人。这个女人自然看见了陈静安，因为大门口就她一个人。

陈静安认出了她，她看陈静安的眼神却像看陌生人。

“倒水，注意点啊。”隔着三米多的距离，她善意地提醒陈静安，也不等陈静安回应，顺手把一盆水倒向了右侧。女人进屋后没多久，有个小男孩跑过来，拉着她的红棉袄下摆，哭嚷着说了什么，陈静安听不清楚。

一刹那，陈静安感觉到自己身体里的血液僵住，动弹不得。

大概是她在丁家门口停留太久，卷发女人再度狐疑地朝她递来眼神，状似还要向她走过来。

陈静安被女人的意图吓住，身体知觉在顷刻间恢复，随后，她头也不回地跑了。

最近几天下过雨，镇上很多泥路，陈静安下公交车时闻到的泥泞气味大抵源头在此。她一路跑得飞快，昨晚刷得纤尘不染的白色运动鞋沿途沾了不少湿泥，她也没心情管了。

飞驰中，她的嘴唇碰到眼泪，又咸又冷。她暗暗发誓，这是最后一次为那两人流泪，也是最后一次来雾山镇。

从今往后，她只是陈静安，再也不是丁丽萍。

远郊车三十分钟一班，陈静安走回车站时，心情太过低落，眼见公交车开走，她也没过去追。

车站是镇上交通枢纽地段，往来各式车辆繁多，陈静安坐在车站长椅上，看着一辆接一辆的车子驶过，心情苦闷极了。

就在这时，余光里一道阴影落下，旁边坐下一个人。想着是镇上的乘客，陈静安没有理会，此刻困扰她的事情是，刚刚丁家跑出来的那个小男孩，是她弟弟吗？

“不再走走吗？”

一个熟悉的声音将陈静安从苦思里拉出来，她难以置信地看向身边。陈长宁坐在那里，抬头望着天，他的神情太过自然，好像就一直坐在那里，绝不是凭空出现。

陈静安慢慢移近他，胳膊碰上他的胳膊，确认他是真实存在的，不是她的幻觉。其实她现在很需要和人聊聊天，可转念想到他出现在这里的原因，她忽然又感到气愤。

“你跟踪我来的？”

“坐了下一趟车。”

“那还是跟踪我！”

陈长宁看向她：“担心你，所以跟着你，这个出发点你觉得合理吗？”

陈静安轻哼一声别开头，不理他。

坐着坐着，心里头对陈长宁生的气慢慢散了。他在她身边坐着，她难过的心情不再那么张牙舞爪地飘着，它们像蒲公英的种子，慢慢落到地上。一开始，她觉得自己想倾诉，不，是想控诉，可是此刻，她什么都不想讲了。

她只想快点忘掉，忘掉那个小男孩，忘掉丁家。

“过年都舍不得穿的鞋子，穿来这里示威吗？”陈长宁盯着陈静安的鞋子问。

陈静安这才注意到鞋子上沾了很多泥，顿时有些心疼，顺手从包里拿出餐巾纸，蹲地上擦起鞋来。

运动鞋不是皮鞋，餐巾纸自然擦不干净。陈静安明知道是这样，还是义无反顾地擦了很久，最后，鞋面仍然是脏的。

她起身懊恼地将纸团丢向马路，好巧不巧，纸团落进了一个泥潭里，起初还是白色的一团，不到一分钟，就已彻底融进泥里，遍寻不着。

陈长宁突然从长椅上站起来，对陈静安说：“走吧。”

“走去哪儿？”

“示威。”

陈静安和他沉默对视了半晌，冲动在心里起了灭，灭了又起，最终，她还是摇摇头，整个人耷拉下来。

“不去。”她说。

“不后悔？”

“有什么可后悔的，就算我今天后悔，明天可以再来，就算明天我还是不想来，后天，大后天，明年，后年，我总会有时间的，况且，我一点也不后悔。”

陈长宁沉默地坐回了长椅。

“怎么今天突然找来这里？”他问。

“不是突然，今天是……”话在嘴边顿住，陈静安没往下说。今天是 2 月 18 日，水瓶座的最后一天，是她的生日，16 岁的生日。早在更久以前，她就做了这个决定，等她十六岁，要回丁家看看，她要质问父母，为什么不要她。

计划做得很顺，她想了很多种提问的方式。可是今天去丁家，那么短暂的时间里，一切预想中的情形都没发生。真正发生的见面那样平静，平静得像没发生过。回车站的途中她想明白了，她所有想象中的质问跟发难，都是基于父母对她有愧的前提下。今天见到生母，她才发现自己有多一厢情愿。生养她到四岁的母亲甚至没认出她，还谈什么愧疚？

而所有这些，不能跟陈长宁讲。

在他面前示弱，是陈静安绝不允许发生的状况。

对陈静安的突然噤声，陈长宁显得很冷淡。他没有追问，陈静安禁不住用余光观察他，以为他还会想方设法探听自己的秘密，结果他只是静静坐着，未发一言。

后来，开往市区的公交车进站，两人上车，坐上后排的双人座。后面上来的乘客里有个小男孩，让陈静安瞬间联想到丁家门口的那一幕，刚刚说要忘记的人重新浮上脑海，父母是为了这个弟弟才遗弃她的吗？

车窗外的景致一晃而过，陈静安心中梗阻得难以呼吸，忍不住问陈长宁："当时在福利院，你为什么选我啊？"

一句乍听上去没头没尾的问话传来，对上陈静安的视线，陈长宁没有过多犹豫便说："没为什么，哪有那么多为什么。"

"好，我换个问题，你怎么知道我今天来雾山做什么？"

"猜的。"

"我不信，是不是爸妈跟你说了什么？"

"你的事，爸妈不知道。"

"福利院有档案，爸妈查过吧？"

"那么多年前的事，查过他们也忘了。"

是了，她又自作多情了。养父母对她一直很好，可她毕竟不是亲生的孩子，怎么能要求他们记得她那些无关紧要的小事？

陈静安胸口酸涩，连带着话也酸涩起来："他们都忘了，你怎么还记得？"

"就记住了，哪有那么多为什么。"陈长宁忽然闭上眼，完全不想再开口的样子。

陈静安不得不停下问话，目光重新投向窗外。

以为会问出点什么，以为至少陈长宁会对她有一点在意，她还是想太多。十二年而已，生母都忘了她，何况一个没有丝毫血缘关系的哥哥。

可能像她这样的人，命格就是天煞孤星，像《天龙八部》里的乔峰，到头来，没有一个人爱他。

不，乔峰还有阿紫，阿紫身边还有游坦之。他们在世的时候还是被人爱着的，不像她，可以随时被遗弃，随时被忘记。

陈静安难过地闭上眼睛，为什么要在生日这天认清这些？

再睁眼时，窗外稀稀拉拉的电线杆上空刚好有飞鸟飞过，像是一群挣脱了束缚的自由灵魂。陈静安想到自己的未来，也许她的命运可以像那群飞鸟，既然没有人牵挂自己，那她不如就野蛮生长、无牵无挂，想想也挺好。

有了这个念头，她的心情忽然松了下来，看着那群飞鸟离开的方向，自顾自地说：“大冬天还有鸟呢。”

“那是大雁。”陈长宁说。

假睡。陈静安心中暗嗤。

天空中大雁的身影已无迹可寻，陈静安还是暗暗对自己说：善良美丽的大雁们，谢谢你们祝我生日快乐。

番外二

/ 物理竞赛 /

(上)

高二三班物理课，下课铃一响，陈静安立刻以光速出现在任课老师面前。

老师姓邓名晖，四十五岁，特级教师，二中红人，带出过许多物理竞赛获奖学生，教学风格幽默有趣，抽象理论总能辅以趣味讲解，深受学生们的爱戴。

陈静安找他，可惜邓晖想躲她，她能用多快的速度蹿向讲台，邓晖就能以更快的速度逃离讲台。

“晖哥。”陈静安追出班级，像福尔康在追夏紫薇。

逃归逃，邓晖终究是人民教师，顾虑到和学生在走廊上追逐影响不好，不得已还是停下来。

“我说了，要想参赛，找你哥来说。”邓老师满脸严肃地说。

“我报名，为什么找他来说？”

“那当然要找他来了。我问你，万一你拿了奖，要不要继续打奥赛？跟你哥一样？”

“那不是必须的吗？”陈静安瞪着眼睛说。

“这不就得了，往后的事你要是做不了主，我可不会浪费这个宝贵名额送你去。”

“谁说我做不了主啊！”陈静安道，“我爸妈会支持我，陈长宁说了不算。”

“那不行，你哥交代我了，不让你去集训队。”

说话间，两人已经走到年级组办公室门口，时值上午第二节课课间操时间，原本应该于开学前修复好的塑胶跑道由于挨了一个潮湿多雨的寒假，现在仍在刷漆重修，课间操也就因此暂停了。广播站最近都在这一期间播放点歌投稿，陈静安跟着邓老师进办公室时，听到广播里祝年年甜美的声音：“春天是看花的季节，近几天，不知道同学们有没有注意到，逢春路上开了木槿花，一路上学一路看，很像一片木槿花海。高三十班有一位同学想点《花海》这首歌，送给，送给高三一班的，陈长宁同学，祝他在高考中旗开得胜，金榜题名。”

一听到陈长宁的名字，陈静安立刻翻了一道白眼。

这个人，在二中，就像是一朵镶了金边的乌云，牢牢地罩在陈静安头顶上，怎么都甩不掉。

中午去食堂吃饭，陈静安一路听田野和徐涛说他们上周日看完的电影，忍不住暴躁地打断："你们俩行不行啊，不知道我还没看吗？"

"所以是叫你去看啊，我跟你说，导演太厉害了，《致命魔术》结局太精彩了，你根本想不到。"田野长着一双细致的单眼皮，鼻子上一颗痘痘就快冒头，神情满是胜利者的兴奋，好像看了很牛的电影自己就很牛一样。

陈静安不屑地嗤了他一声。

"哎？你为什么不去找你哥啊，这种电影他一定会有的吧？"徐涛提醒道。

"别提他，我就算是去偷去抢也不找他。"陈静安很有志气地说。

"你不是说只要你爸妈在家，电脑就可以用吗？"田野问。

"用可以，看电影不行，除非你有光盘，我拿电视放。"

"我只有下载的资源，蓝光的，好像有四点几个 G，U 盘根本拷不了。不然你去我家看吧，我可以再陪你看一遍。"田野大方地说。

陈静安想了想，觉得此计可行。这学期才刚开学，高三年级的高考氛围已经紧张起来，陈长宁最近周六周日都要上课，她可以趁周日去田野家。

只是，科幻片去哪儿看是解决了，物理竞赛报名的事情实在是有些棘手。

高二年级这学期开始，每天也上八节课，陈静安放学的时间和高三一样。下完自习课，陈静安和田野、徐涛一起往校门口走时，恰好碰见八班的祝年年。刚开春的季节，她一头乌黑的长发束起，露着光洁饱满的额头，皮肤又白又细。田野他们原本步子迈得快，一偶遇级花，步速立马慢下来，两人一左一右拱了拱陈静安的胳膊。

“年年，年年。”徐涛挤眉弄眼地说。

“看见了。”陈静安推他。

“天天年年天天的我，深深看你的脸，生气的温柔……”

“再大点声，”陈静安白了一眼田野，“让你的圈圈圆圆圈圈天天年年天天听到吧。”

在陈静安这里吃瘪，田野并不气馁，很快位移到徐涛身边：“年年今天心情好像很好。”

“年年哪天心情不好了？年年是小太阳。”

陈静安要吐了：“人家心情好不好跟你们有什么关系？”

“喂，陈静安，你这就没意思了。咱们是好兄弟没错，年年的醋你可不能吃。”徐涛抱臂朝田野递了个促狭的眼色，“不然你这分量都能单独成立一个醋厂，跟镇江对抗了。”

“你闭嘴吧。”陈静安道。

她吃醋？吃祝年年的醋？

咂摸了一下，好像是有点。

没办法，祝年年长得实在太好看了。

祝年年不止长得好看，陈静安听说她家境也很好，独生女，爸妈把她当公主一样宠爱。别的不说，祝年年上高中以来，她爸爸天天都接送她上下学，是校门口常年固定停车的家长之一。

不像陈静安他们，还得每天挤公交车。

"咱们学校也有很多人羡慕你的。"目送祝年年上了她爸的车之后，田野终于舍得转回目光，一边往公交车站走，一边说，"你哥太牛了，就咱们班，都至少有两个女生暗恋他。"

"两个不止。"徐涛一脸高深地摇头，"咱们班十个女生，除去陈静安，应该起码有五个人暗恋陈长宁。他一个马上要高考上大学的人，干吗不给学弟们留条活路。"

"你们俩真的很夸张。"陈静安嗤道，"咱们班难道没有帅哥吗？张丰来不也上了年级帅哥榜吗？"

"不一样，不是一个级别的。你自己凭良心讲，张丰来跟你哥能比吗？就算成绩能赶上，脸的帅度能比吗？"徐涛说。

陈静安噎住，脑子里浮现出陈长宁讨厌又自负的样子："张丰来人好，他比陈长宁好太多了。"

"张丰来可不想赢在人好这点上。"徐涛犀利地说，"我听说他确实把你哥当目标敌人来着，今年的竞赛他下了很多功夫，奔着打奥赛去的。"

"咱们班是不是只推了他？静安，你到底能不能搞定晖哥啊？你和张丰来，我绝对挺你到底。"田野关切地问。

"唉，"陈静安仰天长叹了一口气，"走一步看一步吧。"

“走路看天小心闪到腰。”身侧突然传来一个恶魔般的声音，吓得陈静安立刻挺直了腰。

在她愣神反应的时候，说话的人已经双手插袋和他身边的人往前走去了。陈静安看着他的背影，翻了个冗长的白眼，无声道：要你管！

能公然管教陈静安的人，非陈长宁莫属了。

尽管避开和陈长宁同搭一趟公交车，陈静安还是不可避免地在小区外的老铁餐馆和他碰上。

周一、三、五，爸妈不在家，晚饭他们只能自己解决。

老铁餐馆通常是首选。

陈静安到餐馆的时候，陈长宁正在和老铁聊天。老铁先看到陈静安，远远伸手招呼她：“静安来了，今晚想吃什么？铁叔给你做。”

陈静安走近陈长宁的座位，很警惕地盯着他：“你点了什么？”

“你哥还没点。”陈长宁没回话，对面老铁起身替他作答，“我刚拉他问学习方法来着，你琳琳妹妹马上升初三，成绩还在中游，中考要考不上重点，你婶估计得气死。”

“琳琳跟我关系好，学习方法我可以教，你不用问陈长宁的，他这个人没有耐心，不适合教别人。”

餐桌前坐着的陈长宁冷笑了一声。

“你笑什么？”陈静安解开书包，丢到旁边座位上，自己在陈长宁对面坐下。

“笑可笑之人。”陈长宁悠悠道。

“嘁，讲话装腔作势。”陈静安奚落道，转头对老铁说，“我今天不吃套餐，我要点小炒。”

老铁爽朗一笑：“行，想吃什么小炒？”

陈静安一个劲冲他递眼色：“我最爱吃的那两道，铁叔你懂的，陈长宁买单。”

“行，那铁叔现在去给你炒，你别和你哥吵啊，炒这事，铁叔更擅长。”

“铁叔，你笑话很冷。”陈静安道。

铁叔哈哈大笑着去了厨房。

陈静安从筷子筒里拿出一双筷子，掰开了玩筷子上的竹屑，一边玩一边偷眼打量陈长宁，心中斟酌着要怎么开始和他说物理竞赛的事情。

“我买单？”两人沉默地拉锯，结果竟是陈长宁先开口。

陈静安对他眨眼：“你比我有钱。”

“爸妈给你的零用钱比给我的多？”

“这不是存着买书了吗？”

“买一堆科幻？”陈长宁挑眉道。

见他挑眉，陈静安瞬时不乐意了：“我买的科幻书你敢说你没看？我买的《少数派报告》里面的批注不是你夹的？你这么瞧不上科幻小说，就不要认真做批注了。”

“你看见我做批注，没看见上面的内容吗？我是认真做批注吗？”

不，他不是，他只是写了一堆书里的漏洞。他不提还好，一提陈静安就来火：“好笑！这年头有谁看科幻小说还要拼命找漏洞的，何况人家作者1982年就去世了，活着的时候，冥王星还算九大行星之一呢，有漏洞不是很正常？”

陈长宁看着她，眉头一皱：“你知道不求甚解和一知半解的危害吗？”

陈静安看他皱眉头，心道：不好，一会儿要和他说参赛的事情，可不能提前惹毛他。思及此，她迅速换了个语气：“您说得对，我应该凡事求个明白。”

“突然服软不是你的风格。”陈长宁也从筷子筒里拿出一双筷子，“说吧，什么事？”

“哪能总有什么事呢？咱们兄妹一场，关系好，爸妈才放心。”话说到这里的时候，老铁正好端出一份小炒黄牛肉，陈静安眼睛盯向那盘菜，顺势又说，“铁叔也会放心，是吧？”

老铁虽然不知道兄妹俩在聊啥，但还是应了声“是”。

伸头闻了闻芹菜和牛肉再加三两辣椒炒在一起的味道，陈静安紧接着麻利地从座位上起身，卖乖式地对陈长宁说：“我去打饭！”

盛好饭放到陈长宁面前，陈静安看到他脸上浮现出探究意味，连忙躲避他的视线，正低头夹菜，果然听见他说：“物理竞赛的事吧。”

筷子上刚夹起来的牛肉掉回盘里。

“看来是了。”陈长宁手一伸，夹走她掉的那块牛肉，优哉游哉地吃了起来。

陈静安面容苦涩，主动权被他抢去，感觉自己只能任他宰割了。见他一筷子又一筷子专挑肉吃，陈静安心神秒回，暂时忘却物理竞赛，加入抢吃黄牛肉的战斗中。

第二道菜是西红柿炒鸡蛋，老铁有自己做这道菜的绝招，陈静安曾央求陈妈妈偷师，无奈老铁不肯传授，这道菜就始终只是老铁的绝招。

陈静安用番茄炒蛋拌了一碗白米饭，吃得肚子溜圆，快活似神仙。

到了晚上饭点，餐馆生意渐忙起来，陈长宁去结账，老铁忙中不忘关心女儿学习，急急对陈长宁道：“长宁，你周末要是有空，上铁叔家一趟，和你琳琳妹妹做做思想工作，看看她能不能在初三加把劲，好好争取考重点。”

陈长宁对铁叔一笑，那笑容落在陈静安眼里，显得极其做作，做作中带着阴险，阴险中带着黄鼠狼的狡猾，陈静安忍不住出口：“铁叔，你可别让琳琳见他，陈长宁这个人很会骗小姑娘，我怕琳琳跟他学，弄不好要早恋哦。”

“啊？这怎么说？”

见铁叔来了兴致，陈静安还要再说，被陈长宁一手制住——胳膊架她脖子，巴掌捂她的嘴，押出了老铁餐馆。

此时天已黑透，一轮硕大皎洁的月亮挂在头顶，陈静安想从陈长宁的掣肘里挣脱。陈长宁却只是笑着，很轻松就压制了她的反抗。

武斗不成，陈静安只好采用舌战：“好男不跟女斗，陈长宁，你不是……”

“我不是好男。”陈长宁接过她的话道。

“你打女人，你不是男人。”

“我都还没打你，就被你骂不是男人，我有点亏，不然我们现在就坐实了你的说法吧。”陈长宁架着她进了单元楼。

陈静安想用脚蹬楼梯扶手，借力脱逃。

不料，被陈长宁抢先识破，脱逃失败。

陈静安脖子梗着，眼睛里一直是陈长宁那张分外高兴的笑脸，到了家门口，她想到一句厉害的话，说道：“你最好小心我下回偷袭你裆部。”

果然，陈长宁脸色一变，连带着手上动作也一松，说时迟那时快，陈静安充分把握住这个天赐的巧妙机会，就差拼上鹞子翻身的招数，从陈长宁的钳制下逃了出来，顺便还反推了他一把，毫无防备的陈长宁被她推到了门口的墙上。

“哈哈！”陈静安拍掌大笑，“怕了吧，徐涛说，男人都怕被袭裆，说那叫‘偷桃’，男人会很痛。”

陈长宁脸色不大好：“你还知道自己是女生吗？”

“废话，我要不是女生，你能这么轻松制得了我？”

陈长宁不看她，摘下书包，从里面找出钥匙开门：“你最好少跟那两个‘哼哈二将’聊这种话题。”

“你管不着。”她特别不喜欢陈长宁叫她朋友“哼哈二将”，这个外号充分体现了陈长宁的傲慢无礼。

陈长宁开门的动作一停，周遭空气瞬间凝结，陈静安心道不好，但也不打算认错。片刻沉默过后，陈长宁说：“好，既然我管不着，邓晖今天找我聊的事，我就不管了。”

“嗯？邓晖今天找你了？”

家门打开，陈长宁走进去，看起来完全不想理陈静安。

陈静安追进去，被阻于陈长宁房门前。

他的声音在里面响起：“死了这条心吧，陈静安。”

“凭什么？”

陈长宁没有回答。

（中）

陈静安周日下午去田野家看片，徐涛也一起。田野爸妈周末休息在家，听说陈静安和徐涛来，田野妈还一大早去菜市场买了好些菜招待。

这不是两人第一次来田家，可每一次来，陈静安和徐涛都会感慨，田野房间里真的好多漫画书，而且他也是三人中，甚至整个三班里为数不多可以用电脑，而且是联了网的电脑的人。

“我下辈子投胎，一定要投到田野家。”进田野房间时，徐涛满脸艳羡地说，“最近有什么新鲜货？”

徐涛递给田野的眼神别有意味，陈静安看不过眼，禁不住推了徐涛一把：“你们男人是不是离了那些会死啊？”

她声音挺大，听得田野一阵惊慌，他赶紧退后一步锁上房间门，朝陈静安分外用力地比了个“嘘”：“我爸妈要听见了。”

陈静安轻哼一声，大步走到电脑桌前。

电脑前陈静安开不了机，扭头问田野：“开机密码？”

“我生日。”

“我怎么知道你生日是哪天？”

“你是不是兄弟啊，我都记得你生日，这个月 28 号，白羊座，对吧？”

“开机密码！”陈静安瞪着他说。

她才不是白羊座，3 月 28 日，不过是陈家领养她的日期而已。

田野的电脑里下了很多科幻片，一下午，陈静安独自戴耳机看完了《致命魔术》《少数派报告》，还看了一部爱情片《倒霉爱神》。田野和徐涛则躺在床上看漫画，间或讨论爱情片。

陈静安观影结束，田野妈在门外喊吃饭，为了不引起长辈怀疑，田野强行开启影片讨论。

“爱情片那部太假了，最差，不讲科学基础。”

“确实，还是《少数派报告》经典，毕竟是名家写的原著。”

徐涛说，“不过话说回来，世上真的存在灵魂互换的可能吗？”

陈静安一路斜觑着他们，没有接话，心道：男生们真可怕。

又一想，陈长宁会不会也是这样，瞒着爸妈和她，每天也在房间里做些“淫邪”之事。

刚想到这个画面，陈静安就不自觉地打了个冷战。

三人走到饭桌边，田野爸已经在主位坐好，田野妈最后端了一碗汤出来，看见陈静安，微微一笑，说道：“刚刚你家人打电话过来找你，我跟他说你在我家吃晚饭了，没关系吧？”

听到这个问题，陈、田、徐三人都是一愣。

田野率先反应过来：“妈，你没听错吧？确定不是徐涛爸妈打来的？”

“怎么就是我了？”徐涛拱了拱田野的手臂，“我今天出门跟我爸妈说了来你家，他们早就答应了。”

田野妈慈爱地笑起来：“我没听错，是静安家打来的。”

“阿姨，打电话的是我爸还是我妈？”陈静安疑惑道。她出门前明明也和爸妈交代过自己今天的行程。

“哦，是你哥。”

除了他还能是谁！陈静安在心中默默翻白眼。

饭间，田野家的就餐氛围一如既往的好，哪怕说到男女互换身体，田野爸也很随和地加入谈话：“你们学理科，就这点好，遇到情况，会先思考现实可能性、合理性，有好奇心，有好奇心才能针对性地去研究嘛。”

徐涛很会拍长辈马屁：“田叔叔，您真开明，要是我爸也像您这样，我该多幸福啊。”

陈静安偷偷瞪了他一眼，接过他的话说：“你想得美，田叔叔是我们班最受欢迎的家长，抢着想跟田野互换身份的同学，估计要排队绕二中一圈呢。”

她的话引来田野爸一连串朗声大笑。

显然，在拍马屁这件事上，陈静安更胜一筹，她也理所当然地获赠了一道来自徐涛的白眼回应。

不过，关于到底想和哪位同学互换身体一事，徐涛和陈静安在回家的路上又延展了讨论。

徐涛仍然坚持：“跟田野换就好，我这个人，很知足。”

“你跟田野都快穿同一条裤子了，换不换有什么必要？”

“那不一样。”

“怎么不一样？”

“就——”徐涛想了半天也没能说出个所以然，月色皎洁，他仰天叹了口气，“你说，田野有时候会不会也羡慕我？”

“羡慕你什么？羡慕你爸妈给你设宵禁？让你每天按时起床，按时睡觉，还要自己洗衣服叠被子？我爸妈都不这么对我。”陈静安不屑地说。

“也是。”徐涛自嘲地抱着胳膊笑了笑，转头问，“你呢？你想跟谁换？”

“如果是像电影里那样，一定要亲了才能换，那我不换。”

“为什么？”

“多尴尬，我只想跟女的换。”

徐涛了然地点点头，忽然又问：“女的？谁啊？我认识吗？”

经徐涛一提问，陈静安才意识到自己暴露了心声，而她不想再继续坦白，于是加速向前，不打算再正面回应这件事。

其实她很早就有过幻想，想跟一个人交换人生。

坐公交车回到家，已经是晚上九点半，陈静安在门口换完鞋，陈爸爸刚背着手从陈长宁房间出来。

“静安回来了？”

“是啊，爸。”

“早点睡。”

见陈爸爸点点头要回房，陈静安连忙趿拉着拖鞋跑过去：“爸，你留步！”

陈爸爸不明所以地看向她。

陈静安特意站在陈长宁房门口，瞄了一眼里面状况。坐在书桌前的陈长宁察觉到她的目光，也朝她看来。

陈静安对他做了个特别丑的鬼脸。

“找爸爸什么事？”

“我想报名参加物理竞赛。”陈静安开门见山道。

陈爸爸脸上滑过短暂的不自然，同时，他的眼神往陈长宁的方向飘了一会儿，就这么一个小瞬间，陈静安立刻捕捉到了。

陈长宁已经先下手了！

果然，陈爸爸面露难色：“你有想参赛的积极性，也有能力，报名当然可以。不过，爸爸建议你听听你哥的意见，他去年参加过了，知道一些比赛的消息，或许他会有不一样的想法。”

“他的想法就是不让我去。”陈静安委屈地说。

“不然你们兄妹先讨论，实在讨论不出结果，我再跟你妈商量一下？主要吧，这事情背后真相是什么，还没弄清楚……”

“爸，你说不插手的。”陈长宁打断了陈爸爸的话。

“对，对，静安啊，你好好跟哥哥说，无论如何，哥哥是为你好。”被陈长宁打断，陈爸爸的脸色竟有些慌乱。

陈静安看着他，心中升腾起好奇心——陈爸爸和陈长宁之间有秘密。

话毕，陈爸爸自顾自地点点头回房了。

陈静安目送陈爸爸回房，一转头，眼色就厉害起来。她进了陈长宁房间，轻声带上门，又疾步走到陈长宁床边跳坐上去，动作行云流水，一气呵成。

“没换衣服不要坐我床上。”

“偏要坐，我不只是坐，我还要把外面的灰、脏东西全留在你床上。”话毕，陈静安果真就地一躺，环抱双臂，把自己卷成一个蚕宝宝，来回在陈长宁床上滚动。

陈长宁扔掉笔，桌上发出一声轻响。

陈静安偷眼看他：“嗬！你还先生气了？”

陈长宁没理她，伸手把墙边的时钟拿过来握在手里转动。陈静安不明白他的用意，正想提问，见他将桌上试卷挪到桌角，离陈静安更近的位置。

“这是去年山东一模的理综卷，八点钟开始，现在九点四十，还有不到一个小时的时间，看看做了多少。”

他脸上写着不开心，陈静安心知状况不对，一下子收起战斗的心思，麻溜地从床上起身看他的试卷。一看，她有些意外，一小时四十分钟，陈长宁连选择题都没做完。

“这……那……”

“你破事真的很多。”

他这么说，陈静安不高兴了：“你又没跟我说你在做卷子，爸不是才从你房间出去吗？我以为……”

“你以为爸是为了谁的事耽误我做题？”

“谁的？”

“是谁夜不归宿？”

“什么意思？你说我夜不归宿？”陈静安难以置信，“我要夜不归宿现在还能坐在这儿？”

“九点半。”

“啥玩意儿？”

“你回家的时候九点半，这之前，你没给家里打一个电话，爸妈担心，怕催你让你觉得压力大，所以我去打了。我打电话的时候七点多，相信你同学的妈妈应该提醒了你，你但凡考虑过爸妈会担心，就应该回个电话。”

“我……你……”事涉爸妈，陈静安整个人心急到结巴，“你也说你七点多打过电话，既然你都知道我在同学家，我以为你告诉爸妈，爸妈会放心啊。况且，我中午出门的时候跟爸妈说过了我去同学家，我哪知道他们还是会担心！”

桌前的陈长宁冷笑了一声，他没有看陈静安，只是压低声音说：“你应该提前告诉他们，你去的是男同学家。”

“去男同学家怎么了？田野是你认识的，何况，又不是我一个人去，徐涛也一起去了啊。”

陈长宁好像完全不想听陈静安的解释，厚重的沉默氛围渐渐蔓延，房间里没有其他动静，她的目光只能跟着他的动作。见他静静从桌前拿回刚丢开的那支笔，以为他要重新做卷子，结果他只是玩笔。

“你能说话吗？”陈静安不安地问。

“说什么？”

“你要觉得我打扰你做题，我可以马上走。”

陈长宁微微偏转视线看她，用那种明显气还没消的眼神。

陈静安吞了口口水，气势在不知不觉中弱下来：“就……物理竞赛那事。”

“嗯。”

“你到底为什么不让我报名？你和爸有什么事瞒着我？”

“啪”一声，陈长宁捏在手上玩的笔再次掉在桌面上，发出不和谐声响。

见他还要去把笔拿回去，陈静安忍不住出手按住他的手腕：“能别玩笔了吗？看得我心慌。”

“你还会心慌？”陈长宁道，“我以为你是斯巴达第一勇士。”

“你别老这么阴阳怪气行吗？我都不知道哪里得罪你了。”陈静安松开他的手，视线一低，看到他书桌的抽屉，顺手拉开，“欸，你那个小石头 MP3 可以借我听两天吗？”边说着，她边低头在陈长宁的抽屉里寻找 MP3。

找了一圈，里面没有 MP3，只有一堆册子和书，以及一套陈长宁从小收藏到大的机器猫。其实这套机器猫原本有十二只，有两只被陈静安扔了，至今没找回来，以至于每次她看到，都会为机器猫一家人的残缺而感到愧疚。

“不在那儿。”陈长宁扯开她的手，而后关上抽屉，移动椅子去旁边书包里找出一只黑色 MP3，将一只耳机塞进耳朵，按开 MP3 听了起来。

陈静安以为陈长宁在测试电量，他买的这款 MP3 没有电子屏，看不到歌名和电量，没想到他听了半天也没摘下来。她等不及，从他手里拿过另一只耳机：“在听听力吗？这么认真！”

耳机里传出声音，果然是英语听力，还是标准伦敦腔，陈静安大惊：“你不是吧！真的用 MP3 听听力？”话问出口的同时，陈静安意识到自己的判断不准，陈长宁在听的似乎不是听力课文，里面的男低音满含感情，朗读时还有钢琴声，语句听起来像是诗。

陈长宁连续按键，英文诗没了，耳机里依次跳着播放下一首、下下一首、下下下一首，到第四首，耳机里终于传来乐声，是陈静安之前下的周杰伦的专辑《八度空间》，正在播放的这首歌是《分裂》，一首陈静安很喜欢，但在专辑里相对冷门的一首歌。不知道是受了前面英文诗的影响，还是这首歌本身的影响，房间里的氛围缓和，陈静安的心情也慢慢平复。

“你不是把我下的歌都删了吗？怎么还有一首？”

“漏了。”

“如果你说这首歌是你特地给我留的，我就原谅你。”

陈静安话说完，陈长宁朝她看过来，黑色小石头 MP3 的一只耳机在他耳朵里，另一只在陈静安耳朵里。他看过来的时候，歌词正好唱到“没人绑着你走才快乐”，陈静安心尖忽然不受控制地一酸，这一点软弱反应不想被陈长宁看到，她猛地低下了头。

“你为什么总是不肯让我如愿以偿呢？”

他在高处，陈静安看不见他的反应，直到《分裂》整首听完，才听到他说：“让你参加物理竞赛，你会如愿以偿吗？”

陈静安瞬间抬头，想当然地认为希望来临：“你会让我参加吗？”

他看着陈静安，陈静安看着他的眼睛，试图在那颗“黑色星球”

里窥探出他真实的想法。

“你就当我不想让你如愿以偿吧。”他伸手摘下耳机，顺手也摘了陈静安耳朵里那只，“MP3 暂时借不了，我自己要用。”

陈静安气得从床上直立起来：“我要去跟爸妈告状！”

“去吧，敲门轻点，妈睡了。”陈长宁拉过卷子，又挑了支笔，做起试卷来。

陈静安一腔怒气无处发泄，握紧拳头往房门口走了两个大步，又转回身走到陈长宁背后，狠狠推了他一把：“你太坏了！”

陈长宁好像已经知道她会有这一手，也没反抗，任由她推，等她推完，他又重新坐直身体，从容握笔做题。

陈静安被他这副毫不在意她的态度气炸了，她在他椅背后站着，拳头握了放，放了又握，最终忍不住一倾身，一口咬在他左肩上，顺便在他肩膀上喊出一声“不能打扰爸妈”的怒吼。

这才算发泄出去百分之二的怒气。

“陈静安，你是狗啊？”陈长宁吃痛地扳开她的头。

“是狗才好呢！我会咬死你！”陈静安放小声音但不放轻气势地回击道，“你不要以为自己跟邓晖熟就能左右他，你不是我的法定监护人，没资格替我做决定。”

陈长宁揉肩膀的手做了个“请”的姿势：“你可以找爸妈。”

陈静安哼了一声，头也不回地走了。

（下）

不知道是不是受了陈长宁刺激，陈静安的例假提前两天到了。她从噩梦中惊醒，一摸床单，果然侧漏了。

她默默地起床换内衣、洗床单，尽管动作很轻，还赶在爸妈起床的时间之前做这些，却还是被发现了。

陈妈妈进来看见陈静安的状况，忙到洗手池上拿了陈爸爸的牙刷和漱口杯，将他推走："你去厨房刷。"随后她撸起袖子，从陈静安手里抢过床单，"妈妈来吧，你别受凉，一会儿喝杯红糖水。"

陈静安被陈妈妈挤到一边，犹豫了半晌，还是低头搓着睡衣，说："妈，我想参加物理竞赛。"开口向陈妈妈提要求，比向陈爸爸提更难，可陈静安暂时想不到别的办法。

陈妈妈搓床单的动作停下来，从墙上的镜子里看着陈静安，问道："你哥不同意？"

陈静安点头，心中忐忑。

小时候在孤儿院，一开始是陈妈妈不想要她。尽管这许多年过去，陈妈妈早已把她当亲生女儿，可陈静安就是没法忘记，没法忘记陈妈妈那一整套放弃她的神态和动作。在陈家生活的小心翼翼，她全用在了陈妈妈身上。

"这件事我没有过问，你爸跟长宁在沟通，我知道的也不全。"陈妈妈搓完血迹，将床单装进盆里，"你哥去年打过奥赛，无论经验还是能力，他的意见都值得参考，妈妈是觉得，你可以和长宁好好聊，不要赌气。”

“我没有，没有赌气。”

陈妈妈端起盆，要去阳台洗衣机，离开卫生间前，她拍了拍陈静安的肩膀：“妈妈相信你们可以自己解决。”

陈静安泄气地靠在墙上，瓷砖很凉，她靠了一会儿才察觉到，于是走回房间。

没过多久，陈妈妈来给她换新床单，陈静安此时已经换好校服。例假期间，胸衣勒得有些难受，提醒她要买新内衣了，而她眼看着陈妈妈在忙碌，想让妈妈陪自己去买的话在喉口辗转，好久都没说出去。

“卫生巾够用吗？”铺完床单的陈妈妈问。

陈静安点头。其实夜用的不够，她会自己去买。

“在学校少喝冰的，体育课不要硬上，请假就行。”

对陈妈妈的例行叮嘱，陈静安安静地照单全收。自她月经初潮以来，陈妈妈总算对她和对陈长宁区别以待。起先，陈静安还挺开心，觉得自己在陈妈妈心里是特殊的，或许陈妈妈已经把自己真正当成了女儿。慢慢地，陈静安发现，陈妈妈也仅限于在与女生相关的几件事上对陈静安区别相待，陈静安其他的大事小事，学习之类，陈妈妈和陈爸爸一样，都听陈长宁的。

他们应该还是把她当外人吧。陈静安每每都会难过地这样想。

爸妈出门，陈长宁刚好洗漱完出来，陈静安一边瞪着他，一边泄愤似的把桌上的油条一节一节掰断，放进豆浆盒子里——陈长宁最讨厌油条拌豆浆。

陈长宁目睹这一切，却不恼，转身去厨房拿了双筷子，默默从豆浆里夹出油条吃。

爸妈不在家，陈静安不必伪装自己，趁陈长宁低头吃豆浆很专心的时候，她猛拍了一把餐桌，成功使他受惊。等他抬起头看自己，陈静安大声质问："你手上是不是掌握了什么能说服爸妈的理由？你跟爸之间的秘密？"

"什么？"

"明知故问！"

"陈静安，"陈长宁喝了口豆浆，里面混着油条的味道让他短暂皱眉，陈静安看得高兴，对上他刚抬起的视线，听他问，"你为什么想参加物理竞赛？"

陈静安气势汹汹要回答，被陈长宁一个"暂停"的手势打断。

他看着她，神情认真地说："你最好想清楚再回答，胡说八道就算了。"

这话对陈静安很有效，她立刻收回攻势，气沉丹田，一边看陈长宁气定神闲地吃早餐，一边真的用心想起来。

"高考可以加分。"

"拿奖了才有加分。"

"我会争取拿奖。"

“你对自己有点过于自信。”

“什么意思？你觉得我拿不了？”

陈长宁把豆浆盒推去一旁，看来不打算再吃，他双手交叠在桌前，认真地看向她：“我问过邓晖，一班那个，物理成绩，甚至理科三门，考试没掉出过年级前三，发挥极其稳定。”

“你说林光辉嘛，他是厉害，我服，我不跟他比，那张丰来呢？我们班凭什么是他？”

“张丰来成绩比你稳定。”

“他是稳定，稳定得没进过年级前十。”

“攻击他人有意思吗？”陈长宁皱眉道。

“反正不管我是不是攻击他人，总之你就是认为我不行，打心眼里觉得我比不上别人，哪怕张丰来没我成绩好，你也不会挺我，不管我怎么努力，你永远不会肯定我。”说着说着，陈静安自觉越来越委屈，例假掌控了她的情绪，怕再说下去要在他面前哭出来，她及时停下话头，拽了旁边的书包，头也不回地出门了。

上高中以来，陈静安因学习和陈长宁闹纠纷是常事。虽然在他那里碰了壁，她却并没有完全放弃参加物理竞赛的念头，她把劲头用在磨邓晖老师身上。

邓晖当然是躲着她。说起来，一位人民教师怕被学生缠，实在不是件光彩的事，邓晖也委实是没办法，受人之托，忠人之事。这天下午放学，邓晖托一个高三年级学生喊陈长宁来办公室，眼见报名截止日期越来越近，他想就陈静安的事最后再和陈长宁聊一次。

“我建议你对静安说真相，老师不方便，但你可以。你妹妹跟你一样，做事很坚持，这是能学好物理的基本品格。我不想她受挫，对物理失去兴趣。”邓晖说。

陈长宁站着，一脸少年气。邓晖当老师这么多年，依旧没法从这少年脸上参透他真正的心迹。

“邓老师，您觉得，一个总跟自己作对的哥哥百般阻挠自己参赛，和知道自己热爱的学科竞赛有黑幕，哪个更容易接受？”

邓晖想了想，坦承道：“我没明白。”

陈长宁摇头笑了笑：“老师不用太明白。陈静安不会接受黑幕，更不会接受自己是因为黑幕而被放弃的选手，她对物理的热爱很虔诚，我不想她知道这些。”

邓晖推了推眼镜，斟酌着说：“黑幕不黑幕，毕竟也是你的猜测……”

“事情的真相，邓老师比我清楚。陈静安是我的家人，我比您为她考虑得更多。省队今年的参赛名单已经内定，二中能送进去的人只有林光辉和张丰来而已。我知道老师您的身份不方便说太多，我们目的一致。”

邓晖张了张嘴，原是想说点什么，没防备陈长宁知道这么多，一瞬间有些身为人民教师的愧疚。过了好半晌，他才重新找回思路，说道：“长宁，你也热爱物理，去年也代表学校入了省队，拿了奖，比起静安，我倒希望你别受这些没被证实的消息影响。”

“邓老师放心，我比陈静安理智。”

呸！才没有！

年级组办公室外背靠墙壁而站的陈静安心道。

她不是故意要偷听邓老师和陈长宁谈话的，正好碰上而已。奇怪的是，得知陈长宁阻止自己参赛的真相，她并没有太多难过。

初春傍晚的天色渐渐昏暗，有徐徐的夜风拂过。赶在陈长宁和邓老师发现之前，陈静安离开了年级组办公室门口。

一路踢着小石子出校门，陈静安有些气恼，为什么陈长宁总要把她想得很弱？

或许他和自己一样，从没忘记过她是领养的孩子。

这是陈静安唯一能想到的理由。

番外三

/ 少女的烦恼

——陈静安篇 /

H U A H A I

例假到来引起的胸部胀痛提醒陈静安要快点买新内衣。她最近一直在攒钱，过年的压岁钱有两百三十块，加上她省下的饭钱，到3月5日早上，已经有足足三百多块。

上周末经过商场，看到外面挂了“三八妇女节”促销广告，有她在杂志上看到的内衣品牌，她打算给自己买一件真正的女性内衣，有钢圈、能聚拢的那种。

现在在穿的这几件，实在把她的胸箍得太紧了。

不过，买内衣这种事，是没法找朋友们陪的，她得自己偷偷去。正在体育课上思忖着周六放学之后去商场跑一趟的时候，身边的田野突然笑出痴汉声。

“你干吗？”陈静安撞他的胳膊。

只见田野和徐涛的目光纷纷徘徊在操场那边跑步的女生身上，

两人的眼神中都流露着异样情绪。

田野直言道："现在的学妹们，发育得真好。"

徐涛在一旁应和。

陈静安听得一阵嫌恶，差点要伸手捂住自己胸前，最终是转而将双手分别击打在田、徐两人的背上。

"流氓啊你们！"

看来不仅买内衣不能找他们陪，就连穿也不能在他们面前穿——哪怕是穿在里面。

"三八妇女节"是女性的节日，不止陈静安在关注，陈家另一位女性自然也在关注。3月5日这天是周四，爸妈晚上回家时，陈静安和陈长宁都在家吃晚饭。

一家四口坐在饭桌上，陈爸爸说起妇女节假期和周日重叠，陈妈妈因而少了一个休息日。

"正好，最近商场搞促销，咱们一家人去逛街吧。"陈妈妈说。

"什么促销？"陈爸爸问。

"买五百减两百五，相当于五折，夏天要到了，要添点新衣服，长宁正好买了去大学穿。"

"商场促销都是骗无知主妇的，你怎么也上这个当？"陈爸爸奚落道。

"说明我也是无知主妇呗。"陈妈妈将目光转向陈长宁，"长宁星期天放假吧？"

“放。”

“那跟妈妈去买点新衣服吧。”

“也不用急着现在买吧？高考完再买不是一样吗？”陈爸爸接话道。

“高考完没有促销，现在换季，买衣服最划算，多给长宁买一些，到时候带去学校穿，好过他自己买。”

“你这话说的，难道他自己不会买？”

“那你说，你儿子长这么大，什么时候自己买过衣服？”

陈爸爸陈妈妈话说到这里，陈长宁忽然插话：“妈，陈静安一直想买裙子。”

陈静安原以为今晚这顿饭自己再不会被提起，没防备陈长宁“陷害”她，禁不住伸脚在桌下猛踢了他一下，急忙说道：“我没有，我不喜欢穿裙子。”

陈妈妈看向陈静安，目光中透着打量，陈静安有些紧张，还要解释，就听见陈妈妈说：“静安长好高了，一直留短发是不是会被当成男孩子？”

“还，还好吧。”陈静安低头扒饭，很怨愤陈长宁为什么要把话题引到自己身上。

“星期天妈妈陪你买条长裙，你看看要不要试着把头发留起来。”

“穿裙子为什么一定要是长头发？”陈长宁问。

陈妈妈被问住了，一时没答上话。

趁这个机会，陈静安赶紧说："星期天我约了朋友去书店，还是你们陪陈长宁先买吧。"

"去书店？"

"对，《科幻世界》出新刊了，之前没买到，这回我们打算早点去排队。"

"还是那几个朋友吗？"陈妈妈问。

"对，你们认识的，田野和徐涛。"

陈妈妈若有所思地点点头，欲言又止。

陈静安受不了这个氛围，赶紧扒完碗里剩余的饭，以要赶作业为由，提前离开了饭桌。

饭桌上剩余三人，面面相觑。

"长宁，你是不是又欺负静安了？"陈妈妈压低声音问。

"我没有。"

陈爸爸叹了口气："应该还是物理竞赛的事。你不然告诉她真相吧，静安这丫头，是真的想参加。"

陈长宁放下筷子："不是因为这个。"

"那还能是什么？"陈爸爸问。

"妈，你以后能不能不要什么事总先想着我？"

"什么意思？"陈妈妈疑惑地问道。

"你明明听见我说的话了。"

"长宁，你怎么这个态度跟妈妈说话？"陈爸爸说。

门外静下来。

陈静安背抵在门上，也情不自禁地叹了口气。她正要迈步回床上趴着，陈妈妈的声音再度传来："陈长宁，你马上要高考了，你打算去北京念大学，这意味着，我跟爸爸和你的相处时间只剩几个月了，往后你上大学、实习、工作、谈恋爱、结婚，属于我们父子、母子的时间越来越少，在这个节骨眼上，你还要妈妈一碗水端平，未免太苛刻了。"

"对不起。"陈长宁说。

"我和爸爸讨论过，你们兄妹俩现在都处于青春期，心思特别敏感，我们已经很注意，但你得允许妈妈偶尔注意不到。"

陈爸爸又叹了口气。

"行了，星期天你也不必陪妈妈去商场了，你们兄妹俩的衣服，我和爸爸做主一起买了。"

这之后，客厅里再没人说话。

陈静安躲在房间，不知道外面具体情况怎么样，她想，肯定又是她犯错了。

她好想当独生女啊，最好能像文科班的祝年年那样，一看就知道是被父母宠大的。她也想要得到宠爱，不用平分给任何人，就她一个人。

番外四

/ 少 女 的 烦 恼
——祝 年 年 篇 /

H U A H A I

爱情使人虚弱。

开学一周，祝年年在日记本里写下这样一句话。她房间可以看到窗外的夜景，一轮清冷的月亮挂在天际，盈盈发着光。此时，她应该去写作业，尤其是数学，需要花时间，可她没有。她将黑色钢笔吸满墨水，在纸张粗糙的日记本上写下一行字。她喜欢听钢笔笔头和布满造纸原材料的纸张接触的细微声响，让她有一种饱满的写作欲，让她放心对它交代自己暗藏的所有秘密。

她喜欢陈长宁四百多天了，在没有遇到真正的爱情之前，她将这份暗恋归纳成，或者可以称之为，约等于爱情。

对陈长宁的爱情，使她脆弱，使她极容易受到“攻击”。

写下这句话的起因，源自傍晚发生的一件事。

放学途中，邓莎莎突然告诉她：“陈长宁好像有女朋友了。”

祝年年太过震惊，持续在往校门口迈的步子停下来，心跳好像突然消失不见，一丝类似于恐惧的感受浮现在她心头，占据了她所有的感官。

“年年，你怎么了？”邓莎莎也停下来。

祝年年赶紧摇头，掩饰自己的无措。暗恋陈长宁的心事像心湖深处的一小簇水草，长得又深又小。祝年年不想被任何人知道，哪怕这个人是邓莎莎，她最好的朋友。

“你听谁说的？”祝年年问，她的声音有些颤抖，希望邓莎莎不会察觉。

“高三的学姐，说是寒假时在光禄街的麦当劳看到他跟一个女生一起吃冰激凌。”

“女生？”祝年年想到一个可能性，“不是他妹妹吗？”

“你说陈静安啊？”邓莎莎直言道，“学姐说不是，是一个长头发的女生。”

“噔”的一声，祝年年感觉自己在乘坐一台失重的电梯，猛地坠入无边的黑暗中。

“主要他们两个挺亲密，听说冰激凌都是陈长宁付的钱。你说，他们又不是亲戚，陈长宁干吗替她付钱啊？”

祝年年没有再出声。她和邓莎莎的讨论往往都是这样，即使她不接话，邓莎莎也总会独自把这则消息讲完。

祝年年的心情因为这个“听说”的消息而大受影响，她甚至没有去求证，也没有去怀疑，以陈长宁学业上紧张的程度，怎么会有时间交女朋友。

她想，她是太难过了。

祝年年回家怕爸妈担心，硬逼着自己吃下平时的饭量，和妈妈的例行散步也装作没事人一样。她洗完澡回房，拿出各科作业坐在书桌前，发呆了半个小时，却始终没能将思维转到眼前的作业上来。

为陈长宁而写的日记，已有一些篇章呈现出旧的痕迹，祝年年逐篇翻阅，心中怅然不已。她完全把邓莎莎的话当成真相，在自己想象中的世界里神伤。

爱情使人虚弱——祝年年再度提笔，想把日记写完。然而事实上，写下一句“爱情使人虚弱”之后，她便再也写不出第七个字，只恍恍惚惚地感觉脑子里有个小人在用榔头敲打自己，很晕，还有点钝痛。

为什么他不能等她？等她拥有勇气。

转念又一想，为什么他要等她？他甚至不知道她是谁。他那样优秀，那样引人注目，哪怕她有勇气和他相识，在他认识的众多人里，也很容易被淹没吧？毕竟，她这样内向，这样羞于表达。

她好难过啊。

想象中彻夜不眠的状况没有找上祝年年，事实上，这个伤心的晚上她竟然睡着了，只是零零碎碎做了好多梦。当然，这些梦都和陈长宁有关。梦是黑白色的，陈长宁总是片段式地出现各种剪影、侧影，他出现的时候还偶尔伴有背景音乐。可惜的是，尽管祝年年试图在梦里和他说话，但是他始终没有回答过，哪怕是在梦里，她也是他的陌生人。

隔天一早，祝年年的心情还是有些苦涩。妈妈煮了红豆粥，餐桌上说了些例假到来要注意的事项，祝年年照常乖巧点头，甜腻的红豆粥喝进嘴里，却是苦苦的。

明明和陈长宁也不是什么情侣关系，甚至都不是朋友，为什么会有失恋的感觉啊？

爸爸送祝年年去学校。

往常在校门口，她总是默默祈祷能碰上陈长宁，可今天，她却不想遇见他。不，也不是不想遇见，确切地说，是仍然想遇见，又害怕遇见。

想遇见是因为已经连续三天没有见过他，怕遇见是因为哪怕见了，知道他有女朋友，也只会心痛。

天公作美，这天早上，祝年年果然遇见了陈长宁。他骑着自行车，车后座上是他妹妹陈静安。兄妹俩似乎是在拌嘴，进校门之后，陈长宁特意加速将自行车骑到减速带上，陈静安被颠得跳下了车，对着陈长宁骑车远去的背影大骂：“浑蛋。”

二中校园里，这一对兄妹一起出现时，总是引人注目的。祝年年走在一群看热闹的学生中，也没忍住往他们的方向张望。

还是好想变成陈静安啊。回到教室前，祝年年默默地想。

这一天上午的课，祝年年上得有些心神不宁。大约平时内向文静的人更善于掩饰情绪，所以没有人发现她的异常。

午饭结束后的午休时间里，祝年年坐在课桌前读村上春树的作品，耳边听着后座几个女生闲聊，邓莎莎也位列其中。

她们先聊了会儿明星八卦，而后有人将话题引到陈长宁身上。

一个女生说："陈长宁真的被别班的女生抢走了？"

邓莎莎语气笃定地说："真的，我听我们小区高三学姐说的。"

又一个女生说："陈长宁那么忙，怎么有时间认识其他班的女生？"

邓莎莎说："这我就不知道了，像陈长宁这种人，可能谈起恋爱来，效率也是很高的吧。"

"那个女生长得怎么样？"

"好像很潮。"

"陈长宁竟然喜欢那一型的吗？"

"谁知道呢？"邓莎莎突然压低语气，"我还以为他会喜欢我们年年这种类型。"

听到这里，祝年年停在书页上的手指不自觉地紧了紧，心口也一并紧了紧。

为什么周围的人都认为他会喜欢自己？

祝年年不懂，她从不觉得陈长宁会无缘无故喜欢自己。不是对自己没信心，是对陈长宁有信心，她相信他不是看表面的人，她相信。

就在这时，最后一排一个始终趴着睡觉的男生忍不住加入了谈话：“你们这些女生真的很爱乱传谣言，根本不了解状况就给人家扣早恋的帽子。”

祝年年听出他的声音，他叫蒋伟男，平时话很少，却写得一手好字，作文也很好。文科班男生本来就少，他成绩稳定，个性也很独特，所以在听到他这一突兀的插话和攻击后，聊八卦的女生们瞬间噤声。

很快又听见他说：“你们说的那个女生，应该是他表妹，叫吴蒂珊，根本不是什么女朋友。”

“你怎么知道？”邓莎莎惊讶道。

听到这里，祝年年忽然紧张起来，总感觉身体什么地方在出汗。

“知道就是知道，还用跟你们报备吗？狗拿耗子。”蒋伟男毫不客气地说。

“喂，你怎么骂人啊？”有女生生气地说。

蒋伟男没有再接话，女生还想再和他吵，被邓莎莎和另外两个女生劝住了。

祝年年一颗忐忑的心终于放下，随即，手上的书也被放回桌上。她盯着自己的一双手看了看，原来是右手掌心出了汗。

女生们后面窸窣的讨论，祝年年没有再细听。她学着蒋伟男一样，趴在桌上，将脸埋进课桌里，悄悄但甜蜜地笑了。

天知道昨晚她的心是怎样碎成了一摊沙子，此刻又是怎样被狂风卷集似的，重新聚成了一座坚塔。

她闭着眼，无声无息地笑着，渐渐又有些自责，为什么昨天那么轻信邓莎莎听来的消息？她应该更加信任他，信任他对自己人生的负责任度，信任他不会轻易在这个关键时期交外校的女朋友。他在她心里是这个世界少有的，真正为自己心中理想而刻苦学习的人。

昨夜还在惋惜自己没有勇气去认识他，今天，祝年年就开始庆幸，好在，她还有希望，一切还不算晚。

只是主动迈出去的勇气，要怎么获得呢？

番外五

/ 少年的烦恼
——陈长宁篇 /

H U A H A I

大一的暑假，陈长宁原本得到了一个去财政厅实习的机会，但他放弃了。陈静安的高考他已经错过，填报志愿他不想再错过。不，不仅仅是不想错过，是根本不能错过。

因为他要她来北京。

陈静安考得不错，以估分来看，预计会超重点线一百分以上。这个成绩填北京的学校，“清北”存在风险，其他的学校是都可以尝试的。

“我想去上海。”家庭会议上，陈静安面色冷静地说。

半年未见，她瘦了许多。陈长宁知道，高考对她而言压力很大，他知道她铆着劲儿要超过他。可他没想到，她不仅要超过他，还想远离他。

陈长宁心口尖锐地疼了一下。当他越来越意识到陈静安在长大，她就越来越成为他的弱点，她随便一个反应、一句话，没有逻辑曲线，却总能伤到他。

“说理由。”陈长宁克制着情绪说。

陈静安大剌剌地环抱双臂坐着。这两天下雨，气温不算太高，客厅里开着吊扇，爸妈各坐在一角，脸色都有些为难。

吊扇呼啦啦地吹着，是家乡的夏季专属记忆。陈长宁勉强将目光从她身上移向吊扇，以控制自己不要对她发怒。

“你在北京。”陈静安简单地说。

她语气随意，仿佛这是再正常不过的理由。陈长宁在北京上学的这一年，不论是上学期还是下学期，她都极少主动联系他。好几次陈长宁往家里打电话，让她来接听，她都不愿对他开口。现在，她竟然说因为他在北京，所以她要选上海。

“陈静安，你——”

“长宁，你好好说话。”陈爸爸打断了陈长宁陡然拔高的声音。

此时，屋外刚好一道闷雷响过，乌云在瞬间遮蔽了日光，天色暗下来，闪电在上面攀爬，像毒蛇吐着芯子。

陈长宁看着陈静安，她的目光却徘徊在窗外的乌云和闪电上，他在她的眼神里看到一些涌动的情绪，像某种细碎的光芒在水面流淌，他发现自己不知道她在想什么，猜也猜不到。

一直以来，陈长宁都自信地认为她更需要自己，没想到到头来，离不开的人是他。

“我对北京没有什么兴趣，想去上海看看。”陈静安突然转回头，迎上陈长宁的视线。

对比起他，陈静安的眼神坦荡又坚强。他离开的这一年里，她显见地长大了很多，不再那么毛躁，也不再那么情绪化，让人一眼看透。

“静安，你都没去过北京，怎么突然就没兴趣了？”陈妈妈从桌上拿了一个橘子，大约是为了缓和气氛，她一边笑着，一边剥起橘子来。

“总之，我就是不想跟陈长宁在一个城市。”

“你刚上大学，有长宁照应，爸妈放心。”陈爸爸也说。

陈长宁不说话，静静盯着陈静安。

外面又连续打了几道雷，一番雷电交加后，暴雨终于落下来。

陈妈妈将剥好的橘子分了几份，一一塞给其他人，最后到陈长宁时，他摇摇头拒绝：“我不吃。”

“妈妈都剥了，吃几瓣。”

眼前陈静安已经把一整份橘子递进嘴里，她被酸得眯起了眼睛，五官皱在一起。看到这情形，陈长宁禁不住对橘子的酸度感到好奇，终于接过母亲递来的几瓣，先摘了一瓣尝，橘子确实很酸，但奇异的是，橘子的酸味正好和他心里的不快达成了某种平衡，使他的心情莫名得到了舒缓。于是，他像一个有瘾的人，很快将剩余几瓣通通吃了下去。

“我听说祝年年要报考北大。”陈静安低着头，也从桌上拿起一个橘子剥起来，她剥得很慢很细致，出口的话像是为了配合剥橘子才说的，“到时候她去了北京，你也可以照应一下吧。”

“你跟她很熟吗？”不明白陈静安突然提起祝年年的用意，陈长宁只好耐着性子问。

“当然不如你熟，你们不是还通过信吗？约好了一起上北京？”陈静安突然停下剥橘子的动作，抬头朝他看来。

陈长宁被她看得一愣，脑中什么念头灵光乍现，他对她的不了解在这个时刻忽然有了新思路。桌上爸妈的神情还是茫然的、为难的，出于怕他们吵架而小心翼翼的。

“你听谁说我和她约好上北京？”

“还用听谁说吗？”陈静安把刚剥完的橘子，一口吞了一大半下去，“她所有志愿都填的北京的学校，还不明显吗？”

陈长宁尴尬地看了眼父母，父母脸上也浮现出尴尬。

陈爸爸突然站起来，静止了几秒钟后，开始朝陈妈妈打眼色：“咱们出去吧？”

陈妈妈很诧异：“这雷雨天的，出去哪儿？”

“去老铁那儿，让长宁跟静安开诚布公地聊吧。不管是上海还是北京，爸妈都支持，你俩别闹别扭就行。”后面的话，陈爸爸是对陈静安和陈长宁说的。

陈妈妈对这个建议有些不认同，可架不住陈爸爸的怂恿，还是配合地离开了。

父母一走，陈长宁率先发话，他有一个念头想验证，遂直接问：“祝年年报考北京的学校跟我有什么关系？”

“哼！”陈静安将刚剥完的橘子皮用力扔进垃圾桶，“她喜欢你那么久，那封情书你都一直留着，干吗还要在我面前假装不知道？你不是还给人回信了吗？”

“你翻我房间了？”陈长宁皱眉问。

“翻了！”陈静安答得义正词严，好像她并没有做错任何事情，哪怕翻了他房间，看了他的私人物品。

“所以呢？她报考北京的学校，哪怕跟我有关系，那你呢，你跟她有什么关系？”

“我不想跟你们待在一个城市，我要去上海，陈长宁，”她一脸认真地看着他，“不管你同不同意，这是我的人生选择，我想去哪儿就去哪儿，你管不着。”

“陈静安，你怕是忘了，是谁从初中开始就天天嚷嚷着要去北京，要去国家天文台，要去……”

“我没忘，我只是变了。”陈静安毫不客气地打断他的话，“我祝你和祝年年……”

“我们之间的事你能不能不要再牵扯第三个人？”

“她不是第三个人，我才是第三个人，你们两情相悦……”

“你在胡扯什么？”陈长宁气不过地伸出手去，一把抓住了陈静安支在桌上的手腕。

他用了力气，所以她感觉到疼，要挣开，他当然不让她挣开。

两人先是暗中较劲，慢慢地，动静大起来，陈静安起身离开椅子，似要用出吃奶的劲和他拼到底，陈长宁也被带得站起来，两人因纠缠而越离越近，最终，像是抱在了一起。

“轰”的一声，响雷经过。陈静安受惊地扭头去看窗外，天色黑得吓人。

陈长宁顺着她的视线一道往外看，抓她手的力气一丝一毫都不想松下来。他很确定，只有抓着她，他才感觉安心。

两人静静地僵持着。

“高二下学期刚开学没多久，有一天晚上，我做梦，梦到过这么大的闪电和打雷。我一直跑，一直跑，突然就醒了。”陈静安轻声说。

“咔嚓”一声，又是一道狰狞的闪电，只不过这道闪电不是在窗外的天幕上，而是在陈长宁的脑子里。他难以置信地问：“你说你看过祝年年给我写的那封信……”

这个问题惊动了陈静安，将她带回现实，她又开始大力地和他较劲：“不是信，是情书，情书！我看了又怎么样？”

陈长宁根本不想浪费时间跟她讨论情书，也不想让她如愿挣开自己，干脆一把环抱住她，将她紧紧锁在怀里：“陈静安，你冷静一下，我有很重要的问题。”

“我才不信你，你放开我，知不知道男女有别，我们又不是真的兄妹，没有血缘关系。你一方面给了人家祝年年回应，一方面还跟我没轻没重，会被当成渣男的。”

“你在胡说八道些什么？我问的是信里祝年年说的事情，她说的奇遇，那段奇遇！”陈长宁被陈静安气得不轻，控制不住地大声道。

陈静安也被他的反应吓到，忽而安静下来，仰起头看他，目光中满是疑惑和不解。

陈长宁刚一和她对视，怪异的生理感受立马攻占了他，人生第一次，他紧张得不敢再动弹。

“你，你，那个奇遇，你是不是也有印象？还有你刚才说的，高二那个晚上，你以为是梦的那个晚上，我告诉你我也记得。你跑得很快，我在你后面，你没有回头。”

闻言，陈静安面露惊恐地看着陈长宁。

“那可能不是梦，陈静安。”

陈静安倒吸了一口冷气。

后来的时间，故事的走向超出了陈长宁的预期。

好在总体是往他期待的方向发展，陈静安终于同意去北京，和他一起，去寻找那个“奇遇”的秘密。

后记

H U A H A I

2019年3月6日，我在深圳华侨城请两个弟弟吃家乡菜，两人都是本科毕业。其中一个堂弟，2018年11月在深圳找到一份零售品牌店的手机采购工作；另一个学工业设计的表弟，在体制内工作一年，还是想做设计，于是也来深圳找工作。一顿饭，我们仨，大约吃了一个小时。

在吃这顿饭之前，我没有想到要给这个故事写后记，但吃完这顿饭，甚至饭间，我就想写一篇文章，恰逢这个故事可能要出书，于是写进后记里。

这两个弟弟都是“95后”，二十出头，入社会不过一年多，一个小时的饭局里，他们困惑的、焦虑的、烦恼的，都围绕着一个字——钱。

他们不甘心拿几千块钱的工资，哪怕才刚工作，已经开始为业

余做什么兼职、怎样赚到更多的钱而发愁。我在这两个弟弟身上，看不到任何年轻人对生活的热爱、对未来的激情，他们头顶上只萦绕着两个大字：赚钱。

我想起自己刚毕业的时候，在北京，在深圳，因是职场新人一样收入不高。我问自己，那时候的我，也是这样吗？我没有回忆很久，因为我确定，那时候的我绝不是这样。两个弟弟基本都是我看着长大的，他们上大学的时候，还都是天真懵懂的小朋友，一年社会历练而已，已经被迫成为压力山大的成年人。

晚饭的时候，我试图和他们谈理想，谈更浪漫、更让人憧憬的东西，他们并没表示出耐心，哪怕保有出于尊重姐姐的礼貌，我仍然看得出来，他们完全不想听这些。

我不知道现今的年轻人是从什么时候开始变得这样浮躁的。这两个弟弟也许不能代表所有年轻一代，但他们确实都是大环境下的普通人。我写这个故事，把时间线放在2009年，刚好是十年前。那时，手机还没有那么普遍，互联网还没有那么无孔不入，年轻人还都很单纯，他们或者喜欢文学，或者喜欢物理，或者喜欢电影，或者喜欢宇宙……他们或都喜欢着什么，憧憬着什么，对未知的东西感兴趣，内心充满好奇。

我太怀念这样的时代、这样的年轻人，我认为，这是让我感觉到希望的年轻人。

写到这里，想到朋友最近发的一个针对“95后”的就业观调研，里面问及他们最向往的新兴职业是什么？调研结果显示，超过一半的人选择做“网红”、主播。

这个结果让我感到很无奈，隐隐有些痛心。我知道选择做“网红”、主播的这群年轻人之中，有很多是出自热爱，但相信也有大部分人是出于更现实的考量，这是时代环境导致的。时代是一张大网，有的时候，我们都是大网下挣扎的受限的鱼，可即便如此，我仍然期待着，热切地期待着，有一些鱼、很多鱼，能够去抗争，去破网而出，不妥协，不要迷失。

希望这个故事能给年轻的你，抑或是迷茫的你一点小小的助力，助你成为那条破网而出的鱼。